「嗨，悠太。
你有來啊。」
相坂禮奈
悠太的前女友。就讀悠太大學附近的女子大學，跟悠太是在那所學校的校慶上認識。
Situation 2
在情人節派對上巧遇前女友。

「嗯，羽瀨川同學的
這種感覺很棒呢。」
美濃彩華
跟悠太就讀同一所大學的同學，兩人從高中開始就是推心置腹的朋友。

羽瀨川悠太
「從今以後請多指教嘍。」
這恐怕是隨處都能聽見的，極為普通的招呼。
可以幫助加深關係的一句普遍的話。
正因如此，我才更能切實感受到。
——她的聲音聽起來好悲傷。
我不知道她發生過什麼事。
畢竟我還沒什麼機會跟她說上話，也問不出口。
即使如此，我目送著美濃彩華走出教室，不禁這麼想了。
無關乎她在學校裡的人氣及評價，我單純這麼想了。
我想更加了解美濃彩華這個人。
Situation 3
高中時，那個青澀的春日。

「那麼，就來進行確認吧。」
「咦？」
我發出傻憨的聲音。
彩華靠了過來，屈膝坐在我身邊，還將手擺到我的大腿上。
「——我可以確認一下嗎？」
「確、確認什麼？」
她散發出跟平常不一樣的妖豔氛圍，讓我不禁退開身體。
才退開身體，她的雙手就環繞上我的脖子，把我抓個正著。

「欸。你有喜歡上我嗎？」
「——啊？」

Situation 4
跟女性朋友一起去溫泉旅行。

Short Story

被約去喝珍珠奶茶

……♥真由的情況……

「學長，我們去喝珍珠奶茶吧！」

「咦～那個好喝嗎？」

「問題並不在於好不好喝。重點是要不要跟我一起享受流行。」

「我聽不太懂妳在說什麼。」

「……咦，難不成這樣也要付出代價嗎？」

「不用好嗎？我只是對珍珠奶茶沒什麼興趣而已。」

「咦～～嗯～～真拿你沒辦法。那代價就是從今天算起的一星期，每天早上都幫你煮味噌湯。」

「妳有在聽我說話嗎？」

「所以說，明天見嘍～～！」

「剛才這段對話就決定了嗎！」

……♥彩華的情況……

「欸，要不要去喝珍珠奶茶？」

「咦～那個好喝嗎？」

「我會請客喔。」

「走吧！」

小惡魔學妹 2

纏上了被女友劈腿的我

My coquettish junior attaches herself to me!

御宮ゆう
插畫 えーる

Kadokawa Fantastic Novels

My coquettish junior attaches herself to me!

★序章

很久沒有作夢了。

說來不可思議，但有時在夢裡會有正在作夢的自覺。

現在正是如此。

高中那段青澀時代。

在我夢中出現的是令人懷念的母校景色。

教室那股令人懷念的味道，總覺得就飄散在四周。

我為什麼會作這樣的夢呢？

對於現在的大學生活，我並沒有特別不滿。

還算努力考進的現在這所大學，不管怎麼說我都滿喜歡的。

跟至今的人生相較起來自由許多，而且擺在眼前的選擇之多樣化也是前所未有。

然而，有些時候還是會想回到高中時代。

受限於社團活動，也沒有自由。

幾十個人一整年都在同一個空間共度，且一年就會換一次成員的特殊環境。

很狹隘，當時卻覺得很遼闊，猶如待在井中的高中生活。

並非只有開心的回憶而已，也留下了許多痛苦的回憶。

即使如此，唯有一件事情我敢確定。

那段高中生活，是造就現在的我不可或缺的一段時間。

正因為有那段時間，才會有現在的我。

——才這麼想，有著一頭黑色長髮的女學生就出現在我的視野當中。

因為是夢，也會有這種事吧。

那個女學生一臉有些陰鬱地眺望窗外，不知道在看什麼。

我知道那個女學生是誰。

現在的我也知道她的側臉看起來這麼陰鬱的原因。

我想叫她而開口，女學生便轉頭看過來。

那雙大眼就連在夢中也美麗到甚至令人心生不甘，讓我不禁縮起了肩膀。

第1話　與小惡魔的早晨

睜開眼後，陽光從窗簾的縫隙間照了進來。

從陽光照射到皮膚上的感覺判斷，時間已經是中午了。

一看時鐘，只見時間是下午一點，完全是懶散大學生標準的起床時間。

總覺得在這麼不健康的睡眠中似乎夢到了什麼，但我能保證自己肯定想不起來。

「……算了。」

放棄之後，我揉了揉眼睛。

反正也不太可能再回想起一度忘記的夢境內容。

一邊這麼想，我打算委身於被毯之中，這時掌心傳來了明顯不是床墊的某種觸感。

我愣了一下垂眼一看，一頭栗子色頭髮隨著固定的節奏起伏。

發出平穩呼聲的那個人——是志乃原真由。

我大概在兩個月前才剛認識的學妹。

她似乎對我卸下心防，到可以在我面前如此毫無防備的地步。

「……志乃原？」

我叫了她一聲，但志乃原沒有反應。

看來是真的睡著了。

才剛睡醒的我腦袋還不太清醒，就這麼呆呆看著志乃原的睡臉，一點一點回想起今天早上發生的事。

一如往常地被狂按電鈴的志乃原吵醒，讓她進到家裡之後，我就直接回到床上繼續睡回籠覺。

我隱約記得她喊著「什麼，你還要睡喔！」就追了進來。

昨天明明沒做什麼累人的事情，我不禁佩服自己竟然可以睡到這麼晚。

「嗯——」

志乃原翻了個身。

……是很感激她沒有把我叫醒，但既然沒事做閒到睡著，那不待在我家也沒差吧。

而且她為了睡覺，好像還特地卸了妝。

志乃原的包包上放著卸妝道具。

囂張的小惡魔學妹這樣看起來，也不過是個纖瘦的女生。

但還是不要一直盯著沒化妝的睡臉看比較好，於是我看向放在枕邊的智慧型手機。

開機之後，就看到好幾通彩華打來的未接來電。來電時間是早上八點。

「怎麼可能接到啊……」

我不禁喃喃出聲。

對於越來越融入自甘墮落生活的我來說，幾乎不可能接到八點多打來的電話。

「……學長。」

「嗯？」

我朝著聲音傳來的方向看去，只見志乃原還一臉很想睡的樣子，眼睛也睜不太開。

「啊，對耶，我睡著了……早安。」

「早啊。妳睡得真熟。」

「對啊……天啊～～真不甘心，我還沒準備早餐。」

這麼說著，志乃原伸手撫平衣服的皺褶。

然後就像是注意到了什麼，對我質問道：

「咦，學長？你剛才有摸我的胸部嗎？我總覺得好像是因為壓迫感而醒來的。」

「我不知道。要是摸到就抱歉了。」

「……哪有人這樣辯解的。」

聽我這麼老實地回答，志乃原笑了笑，就伸了一個懶腰。

看到胸部也隨著動作挺了出來，讓我不禁撇開視線。
才剛睡醒就在這麼近的距離目睹這種畫面，有點太刺激了。
「因為有點擠，身體好痠喔～～」
「幸好我們睡相都很好呢。」
要是睡相不好的兩個人一起睡，絕對會踢來踢去。現在志乃原偶爾會跑來我家過夜，兩人睡相都很好可說是一種幸運吧。
「是說妳為什麼要睡在我旁邊啊？我有一組給客人用的床墊吧。」
「哎呀，不管怎麼說，床上還是比較好睡啊。幸好也睡得下嘛。」
志乃原接著就說「不好意思，我出恭一下」，動作輕巧地跨過我的腳下床。
「直接說去上廁所就好了啊。」
「人家這樣講比較文雅嘛。」
志乃原留下這句話，就走出了房間。
隔著房門，我能聽到她踩在木地板上的腳步聲漸漸走遠。
大學漫長的春假才剛開始而已。
那個學妹之後也會像這樣泡在我家嗎？我單純感到費解。
雖然自己這麼說好像不太好，但總覺得花太多時間待在這個家裡很浪費。

……能當學生的時間有限。

要是沒將時間用在更有意義的事情上，以後一定會後悔。這句話我聽同好會的學長姊們講到都快爛了。

「……今天是不是有安排什麼計畫啊？」

確認了日曆之後，看來今天下午要去參加籃球同好會「start」的練習。

說到大學，就是同好會活動了。

比起什麼事情都不做，去參加同好會一定會好上一百倍。

當我為了要找練習用的衣服，總之先下床時，腳底傳來好像踩扁什麼東西的感覺。

「呃！」

懷著不祥的預感低頭看去，只見那裡有個扁掉的巧克力派。

打開包裝之後，我小心翼翼地放入口中。

雖然賣相跟口感都變得很差，但味道沒什麼改變。

我又開了一包掉在旁邊的巧克力派，出恭完的志乃原回來了。

一看到我手中的巧克力派，志乃原的眼睛亮了起來。

「啊，好好喔，巧克力派！我很喜歡吃那個呢。」

「是喔。妳要吃嗎？」

「我要——」

志乃原從隔了一點距離的地方伸出手就動也不動。

這是要我丟給她的意思嗎？於是我就將手邊的巧克力派朝她隨手丟過去。

但巧克力派已經拆封了，裡面的東西飛出來，直接砸中志乃原的臉。

「……抱、抱歉。」

我緩緩雙手合十向她道歉。掉下來的巧克力派已經裂開，搞不好衝擊力道還滿強的。

「……學長。」

「是、是的。」

明明是面對學妹，我卻不禁挺直背脊。

「為什麼要從上面丟過來呢？一般來說都是從下面丟才對吧！」

「咦，妳是為了這件事情生氣？不是因為已經拆封的關係？」

志乃原撿起裂開的巧克力派，便扔進嘴裡。

地毯上應該還掉了一點碎屑，晚點得清一下才行。

「沒人教你丟東西給別人的時候要從下面丟嗎？真是的。」

「……我倒覺得有被教過不能丟東西。」

我再次倒回床上，並將枕頭墊在下巴下面。

不知為何，這個姿勢就是格外舒適。

「妳今天要幹嘛？吃完早餐就回家嗎？」

「要做什麼才好呢？反正今天我很閒，要一整天都泡在這裡也行呢！」

「不行好嗎，白痴。拜託留點自由時間給我。」

看著聽了我的回答就怨聲載道地嘟起嘴的志乃原，我不禁稍微覺得讓她一整天都窩在家裡好像也可以，但要是現在答應了，未來可就很令人擔心。

跟志乃原這樣相處的時間是不錯，但獨處的時間對我來說非常重要。

就算她是會煮飯給我吃的極為貴重的存在，這點也絕不妥協。

看著志乃原打開廚房冰箱的模樣，我內心這麼暗忖著。

「學長，蛋再多買一點比較好吧？這數量正常使用的話，明天就沒了耶。只剩下四顆而已喔。」

「為什麼妳的前提是要在這裡待到後天啊？這個量我自己一個人能撐上四天好嗎？」

「哼——我吥——」

一邊做出不知道是什麼意思的反應，志乃原拿出一個個料理時會用到的器具。看來她已經完全掌握什麼東西擺在哪裡了。

「我做些簡單的東西，學長你洗完臉之後，就請在那邊等一下吧～～」

「喔，我知道了。謝啦。」

聽到我的回應之後，志乃原就捲起運動服的袖子，將沙拉油倒在小碟子裡。

她用廚房紙巾吸了油，均勻地抹在平底鍋上。

「你在看什麼啊？」

察覺我的視線之後，志乃原的動作停了下來。

沒化妝在煮飯的樣子，總覺得很像賢妻良母，真是不錯。我一邊這麼想地看著她，卻猶豫著要不要說出口。

「沒事，妳別受傷了喔。」

「我才不想被學長這樣說呢！」

志乃原咯咯笑著，繼續準備料理。

看她俐落地打蛋的動作，害我也想挑戰單手打蛋了。

但我明白那只會妨礙到志乃原而已，就忍了下來走過廚房。

「我洗完臉之後可以去買個雜誌嗎？」

「買雜誌嗎？我也想看時尚雜誌，很久沒看了。到時候再給你錢。」

她果然也會看時尚雜誌之類的啊。

從她平常的打扮都有跟上流行這點看來，這也很合理。

「知道了。」

簡短地回她一句之後，我走出了房間。

在洗臉台用冷水沖了臉，我享受著一口氣清醒過來的感覺。

我非常喜歡這個瞬間。

雖然早上要洗臉這件事情本身非常麻煩就是了。

走出走廊穿上鞋子之後，聽見身後傳來一句：「十五分鐘左右就會煮好了，記得在那之前回來喔～～」

一邊想著這個學妹真是能幹，我打開玄關的門。

格外乾燥的冷空氣瞬間朝我迎面襲來。

◇◆

一回家就聞到了食物的香氣。

進到家裡把買回來的雜誌放在沙發上之後，我打了一個大呵欠。

睡了那麼久竟然還能打呵欠，我都覺得自己可怕了。

「你回來啦！剛煮好喔。」

「喔，謝啦。我把雜誌放在沙發上了。」

我隨手一指，志乃原就從廚房踮起腳隔著我看了雜誌一眼。

「學長，你買了什麼雜誌啊？」

「少年漫畫週刊。我每個星期都會看。」

「喔喔，也有女生會看呢。晚點也請借我看。」

一邊這麼說著，志乃原雙手拿著盤子過來。

我將原本放在桌上的東西全都清到地上，騰出了空間。

「學長，你就是這樣把所有東西都丟到地上，家裡才會這麼亂。」

「又沒差，反正這是我家。」

「你以為我幫忙打掃多少次了啊？真是的。」

志乃原鼓起臉頰。

我才覺得自己最近都沒有打掃，這麼說來基本上全都是交給志乃原幫忙。

「好啦，我等一下會整理。先吃再說吧。」

「你每次都沒有整理不是嗎～～但我是會吃啦。」

大盤子上放著火腿蛋跟熱壓吐司，兩個小盤子分別盛著煎蛋捲跟沙拉。

她剛才說蛋會用完，原來是因為要做這些啊。

一旁還放著咖啡歐蕾跟牛奶。

「學長的是冰～～冰涼涼的咖啡歐蕾喔。你喜歡喝這個對吧。」

「我超喜歡。妳真機靈啊。」

「那當然，我可是能幹的女人呢。」

志乃原一點也不害臊地這麼說。實際上確實很能幹，所以我也無從反駁。

作為回應，我雙手合十說：

「我開動了。」

「嗯，我開動了。」

這麼說完，我就伸手拿了熱壓吐司。

吐司裡面抹了奶油，還夾了火腿跟起司。

放進嘴裡嚼了嚼，再喝上一口準備好的咖啡歐蕾，感覺實在很奢侈。

「吃了好吃的東西，總覺得一整天就會很有幹勁呢！」

「哦哦～～那就努力打掃吧！」

「……喔。」

我曖昧地回上一句之後，志乃原輕輕笑了出來。

「我會幫忙啦。」

「好，我會努力。」

吃了煎蛋捲之後感覺更有活力，我便答應了。

自從志乃原會來我家之後，我的身體也健康了許多。

「欸，志乃原，下次還有機會的話，再做早餐給我吃吧。」

才剛覺得志乃原窩在這個家太久，現在又說出這樣的提議。

我自己也知道這樣很現實，但只要吃過一次這頓早餐，就是會不禁想這樣拜託她。

志乃原看了我一眼之後回應道：

「好啊，早餐準備起來也不會那麼麻煩。雖然現在已經中午了。」

確實已是中午，但在睡醒之後吃的那一頓就是早餐。

只要有好好吃上一頓早餐，一天的起始也會變得很幸福。

「這樣就得到既是健康又文明的生活啦！」

「你應該說『健康又文明』就好了吧，『既是』是多餘的。」

「那點小事怎樣都好啦。」

我像要蒙混過去一般，喝了咖啡歐蕾。

家裡沒有買即溶式的咖啡歐蕾，所以她應該是用放在冰箱的牛奶跟咖啡調和而成的吧。

還能喝到一點甜味，應該也有加砂糖。

這些東西竟然在短短十五分鐘內就能做完，俐落的程度可見一斑。

一邊品味著志乃原特製的咖啡歐蕾，她今天第一次抬眼對我問道：

「好喝嗎？」

「……嗯，超好喝。」

「太好了！」

志乃原感覺很滿足地露出微笑，並吃起了火腿蛋。

看著她這副模樣，我忽然覺得好像哪裡不太一樣。

雖然覺得不太一樣，但也只是跟剛才相比，有個地方改變了而已，而且不是變糟。不如說是大加分。

「妳的眼睛是不是比剛才還漂亮啊？」

我這麼一問，還在吃著火腿蛋的志乃原「咳呼！」地咳了幾聲，總之先專注於將東西咀嚼吃下肚。

感覺像在催她一樣，讓我覺得很抱歉，而志乃原像是嚇了一跳地說：

「我只是夾了睫毛而已，真虧你會發現呢。」

「喔，是用可以讓睫毛翹起來的那個嗎？還真的有差耶。」

「當然有差，但也不是一眼就能發現的吧。吃完飯之後還會上粉底之類的，那種變化才更明顯。學長竟然能發現只是夾了睫毛的差異，給你拍拍手。」
志乃原將吃到一半的火腿蛋先放回盤子上，並輕輕拍手。
只要過去有個交往一年的女朋友，會發現夾過睫毛之後的變化，應該也不是多稀奇的事情。
才正想這麼說，我又改變主意，閉上了嘴。
在禮奈打電話過來，也就是我去參加慶祝考完試的聚餐結束之後的那晚。
要從當時沒能回答志乃原問題的我口中，講出前女友的話題，讓我提不太起勁。
我在心裡做出結論之後，收回剛才正要說出口的話，相對地向她問道：
「妳平常都會隨身帶著化妝品嗎？」
志乃原的包包上一如往常放著化妝品。
對於我這個提問，志乃原微微笑了。
「只是一些補妝用的而已啦。大家通常都會隨身攜帶這些喔。而且，你看這個。」
志乃原從包包裡拿出了一個球型的罐子。
「不覺得這個超可愛的嗎？裡面是腮紅，但光是看著這個，就會覺得很興奮呢。」
罐子的蓋子上鑲著閃閃發亮的裝飾，就連我這個男人看來，也知道這應該很受女生的喜愛。

這麼說來，彩華之前也曾拿著應該是新買的化妝品對我說「很可愛吧」，並拿給我看。

畢竟大多數的化妝品包裝設計都很時尚，對女生來說，隨身攜帶或許不是什麼苦差事。

即使如此，對男人來講，要像這樣放在包包裡每天揹來揹去的，還是很麻煩。

「但是，每天都要隨身攜帶還真辛苦啊。」

「還好啊，這沒什麼啦。我不知道其他女生的狀況，但我在覺得不化妝也沒差的時候，就不會帶出門了。」

「哦，原來如此。每天的狀況不一樣啊。」

如果是這樣，也能減輕負擔。

但有個令我有些在意的事情，所以再次向她問道：

「那妳今天為什麼要帶出來？」

志乃原困惑地歪過了頭。

「當然是因為要來學長家啊。」

一句不經意的話，害我弄掉了原本夾起來的火腿蛋。

「什……妳這是什麼意思啊？」

「就是多少會提起幹勁的意思啊。今天可要你陪我一整天喔。」

志乃原惡作劇般地揚起了嘴角。

那個笑容讓她看起來就像是頭上長了角的小惡魔。

「……那我就帶妳去個特別的地方吧。」

聽我這麼說，小惡魔的雙眼亮了起來。

第2話　邀約

「辛苦了——」

我隨口打了聲招呼之後就走進體育館。

這裡是籃球同好會「start」愛用的，一如往常的體育館。

在我身邊的志乃原覺得很掃興地說：

「之前也來過了……」

「這是我們同好會活動的地方耶，不要表現得那麼失落好嗎？很沒禮貌。」

「你說『特別』的地方竟然是這裡，當然會失落啊！我超期待的耶！」

志乃原前陣子才作為同好會經理參加活動而已。聽到要帶她去特別的地方，結果卻是來到這裡，會有這樣的反應或許真的無可厚非。

「抱歉抱歉。作為賠罪，就讓妳再來當經理吧。」

「學長，你知道賠罪是什麼意思嗎？為什麼當經理會算在賠罪裡面呢？」

雖然不覺得可以當成賠罪，但她不會無聊才是。

我記得之前志乃原當經理的時候，看起來好像相當開心。

「妳不喜歡嗎？」

「……也不是不喜歡啦。只是覺得自己情緒有點高昂起來，就像中了學長的計，讓人很不爽而已。」

志乃原生起悶氣，重新揹好包包。

「那我這就去換衣服。請你跟藤堂學長說我借走運動服嘍！」

「知道了、知道了。」

我用手指對她比了一個圈，志乃原就把頭撇向另一邊，朝著換衣間走去。

不同於她的表情，志乃原的腳步看起來相當輕盈。

◇◆

體育館特殊的味道，無論是在市立的體育館，還是在學校的體育館都能感受到。

只要坐在靠牆的地方，就能感受到球帶來的些微振動，有時還會覺得像跟體育館融為一體了。

我也相當喜歡那樣的瞬間。

「你多久沒像這樣連續來參加練習了啊？」

我在同好會的朋友藤堂綁著鞋帶對我這麼問道。

自從跟禮奈分手之後，我就再也沒來同好會了，但在跟她交往的期間，我來參加同好會練習的次數也稱不上頻繁。

搞不好是真的很久沒有像這樣連續來參加練習了。

「可能有半年喔。」

我這麼答道，藤堂也點了點頭。

「差不多吧。然後，你連續兩次都帶那個女生來。」

藤堂的視線前方，就是身穿運動服的志乃原。

將頭髮綁成一束的志乃原，正在跟同好會的成員閒聊。

她的社交能力依然是怪物等級。

「簡單來說，就是帶來炫耀的吧？」

「並不是好嗎？」

「天曉得呢。」

藤堂用手掌輕輕搓著球鞋的鞋底笑了。

我也一樣搓起鞋底。這樣能清除沾到的灰塵，可以痛快地打上一場。

對著認真清除著灰塵的我，藤堂再次開口說道：

「不過，如果你是想要這種認同感，應該早就帶彩華同學來了吧。」

聽他這樣說，我不禁懷疑如果約了那傢伙，她真的會來嗎？

我確實是跟彩華很要好，而且從高中就好到現在了。

但上了大學之後，彩華就算有找我進到她的交友圈，也從來沒有想過加入我的交友圈。

在跟禮奈交往的時候，那傢伙一次也沒說過想認識一下。

「那傢伙應該不會來吧。」

「是嗎？真意外。」

「覺得意外嗎？」

「因為，彩華同學給人的印象就是很好約啊，而且跟大家都能相處得很好。」

藤堂這麼說著就站起身來。

我看了一眼藤堂單手拿起球走向球場的身影，便停下用手搓鞋底的動作。

「……真的變了呢。」

身邊的人對於彩華的看法變了。

在之前舉辦的那場慶祝考試結束的聚餐時，我就這麼想了。

在這所大學當中，幾乎沒有人認識被說性格有缺陷那時的彩華吧。

這既讓我感到開心，同時也覺得有點寂寞。

但是，那個空間是彩華努力的結晶。我去否定的話，未免也太殘酷了。

高中時代的美濃彩華。

我才正要回想過去，放在身邊的智慧型手機就震動了起來，把我拉回現實當中。

就連來到體育館都手機不離身，真可謂現代的文明病。

「嗯——」

確認了畫面之後，發現傳訊息來的人是月見里那月。

是也有出席彩華約我去參加的那場慶祝考試結束聚餐的女生。

在那之後，我們也去喝了一次酒。

她是我跟禮奈分手之後，新的邂逅之一。

即使如此，我還是一瞬間遲疑了要不要點開聊天畫面。

要是變成已讀，就不得不回覆了。

我就是不喜歡ＬＩＮＥ讓人產生要回覆的義務感這點。

對象是彩華或志乃原的話就不用這麼介意，但我跟那月的交情還沒那麼深。

為了確認內容，我先回到通知欄去看。如果只是訊息的前半段，通知欄也看得到。

——如果不是多重要的內容，就等練習結束之後再回她好了。

我這麼想著看了一下內容，顯示出：「我們要舉辦一場情人節派對，悠太要不要來？」這意想不到地勾起了我的興趣，便點開了那月的聊天畫面。

她傳來的會場照片是個漂亮的俱樂部包廂，裝潢打造得感覺就很適合放在社群網路上。

雖然在情人節舉辦的派對讓我感到很好奇，但問題在於那月附上的資料。

看了簡單統整過的概要欄位，發現有個「僅開放朋友關係的男女成對入場」的條件。

這恐怕是為了要讓男女人數相同吧。

也可能為了減少只是要前來搭訕的男人。

但說真的，我比較希望主辦可以自己控管參加者比例的平衡。

對於平常會去參加派對的學生來說，這裡恐怕是很受歡迎的會場，所以才能提出這麼強硬的條件，但對於沒有去過這種地方的我來說，可是一大麻煩。

「……我看就算了吧。」

現場應該會有酒，但志乃原還未成年，不要約她比較好。

如此一來，我能不多加顧慮就邀請去參加這種場合的異性，就只有彩華了。

但彩華不但有在打工，也有參加同好會，是個大忙人，在情人節那天還有空的機會應該很渺茫。

於是我就回了「能去的話就會去」這種會去的機率大概只有百分之六的答覆，便將智慧型手機關機。

對於這場情人節派對，我一點也不會留戀。

◇◆

剩下二十秒。

練習賽結束的時刻分秒逼近。現在的比數是十二比十五，落後三分。

我一邊持球，一邊摸索著傳球的路徑。

「學長，右邊有空檔！快傳快傳！」

隨著志乃原的呼聲，我的目光看向右側。

藤堂一邊跑向對方的籃框，一邊朝我舉起手。

「藤堂！」

我在對手的防守重心做出假動作避開之後，就朝著空出來的地方投出長傳。

球在一個身體份的前方落地反彈，藤堂衝過去緊緊抓住球。

藤堂的投籃完全沒有遭到阻攔，就這麼直接進籃，與對手隊伍的差距只剩一分。

「好球！」

同好會的學長輕輕拍了拍藤堂的背。

藤堂不愧是從小學時開始參加兒童籃球的老手，他的實力在這個同好會當中也是數一數二的強。

如果是藤堂，就算是有點亂來的傳球他也能應對，所以比賽我跟藤堂同組的時候，心情也會格外高昂。

「學長，比賽還沒結束喔！」

這道聲音讓我回過神來，這時對手從籃下拋來的超長傳，正傳到在我眼前的敵隊選手手上。

他們乘著速度一口氣攻到我方籃下。

儘管專注力確實有中斷，這也防得太糟了。

「得手了！」

敵隊選手擺出上籃的姿勢。

球在這一瞬間移到他的腰部位置。

「——！」

我立刻伸出手，指尖確實有推到球的感覺。

痛快的聲音在體育館響起。

盜球成功。籃球脫離敵隊選手的控制，雙方都未持球的籃球就這麼滾落場中。

在我的視線一角，看到藤堂再次跑向對手籃框。他相信球會傳到自己手中。

我在碰球之後扭轉了身體，利用離心力投出了長傳。

攻守迅速切換這點，正是籃球的精髓。

看到藤堂的壓哨球得分並逆轉勝之後，我也做了一個小小的振臂勝利姿勢。

「太棒啦，藤堂，幹得好啊！」

隊友紛紛跑向藤堂，團團圍上他，把他的頭揉得亂七八糟。

不過是同好會活動中的一場練習賽而已。

即使如此，能在比數這麼接近的狀況下贏得勝利，會情不自禁地感到很興奮，就是以前隸屬運動社團的天性吧。

我也來到藤堂身邊，拍著他的背慰勞道：

「你的射籃成功率真不是蓋的耶！多虧有你啊。」

我這麼一說，隊友們也都相當熱絡地同意。

然而藤堂不知為何露出一點苦笑，便朝著球場的角落走去。

女生們的比賽就要在同一個球場開始了，我也必須離開才行。

「學長！」

聽見這一聲呼喚，我就朝著與隊友們不同的方向走去。
在這裡會叫我學長的也只有那個傢伙了。
況且除了那個小惡魔學妹，我不太知道還有誰會在大學把年長的人稱作學長姊。
「學長，辛苦你了！」
「謝啦。打得好開心啊～～」
我一邊這麼說就坐了下來。
多虧最近有在頻繁運動，肌肉的疲勞感也多少減輕了一些。
籃球比賽跟其他運動相比之下要跑的距離比較長，所以平常就算沒在做維持體力的訓練，有參加比賽的話體力自然就會增加。
當然，這只是以同好會程度來說。
「好了好了，學長，現在還是站一下。在做完激烈運動之後立刻坐下，會對身體造成負擔喔。」
志乃原這麼說，朝我遞出了毛巾。
那是放在體育館一角的，我喜歡的毛巾。
「謝啦。」
不但會遞毛巾，比賽時還會喊聲助陣，她真的像個經理一樣。

她只待在我身邊，沒有要去找其他同好會隊員的樣子，因此實際上要她當經理或許會很困難，不過她本人應該也沒有那個打算吧。

因為她會出現在這裡，都只是我半強迫把她帶來而已。

站起身之後，我將接下的毛巾掛在脖子上，志乃原的嘴角也跟著揚起。

「你最後的盜球跟傳球真的很厲害耶。這場比賽的ＭＶＰ肯定就是學長呢。」

「不，是藤堂吧。要不是那傢伙有得分，我也只是白費功夫而已。」

實際上，受到隊友們稱讚的也是藤堂。

畢竟籃球打得最好的就是藤堂了，我要是被稱讚成那樣，總覺得也很奇怪。

但聽我這麼說，志乃原就搖了搖頭。

「話不是這樣說的吧，要不是有學長傳球過去，就只會是一場敗戰喔。」

「是沒錯啦。總之，謝謝妳了。」

向她道謝之後，我正想接過志乃原單手拿著的水壺而伸出了手。

結果志乃原高舉起水壺，我的手只是徒然地揮空。

「學長。」

「怎樣？」

「學長，剛才那不是你坦率的道謝吧。太明顯了！」

志乃原冷哼了一聲。

「我是不知道學長對自己的評價是怎麼樣，但我覺得不只是籃球，也不只是運動，傳遞下去這個行為應該要得到更大的褒揚才對。」

「……也就是說？」

「也就是說，沒有人要稱讚的學長，就由我來代為稱讚！」

志乃原這次確實朝我遞出水壺，並笑了開來。

「學長，你好厲害！」

「……呃……」

——真是服了她。

受到隊友們稱讚的只有藤堂。

我覺得那理所當然，對於他們沒有稱讚自己，也不會感到哪裡不平衡。

但被他人用這般純粹的笑容稱讚，大概不會有人感到不高興吧。

「……謝謝妳。」

我坦率地道謝之後，志乃原這次也露出滿意的表情點了點頭。

她如果是從我說話的聲音判斷是不是真心話，這個學妹也太可怕了。

「不過，要說我那聲助陣是成敗關鍵也不為過呢！學長，你沒發現藤堂學長那裡有空檔對吧～～」

志乃原這麼說著，露出惡作劇般的笑容。

我不禁想做出否定，但當時在我的視線當中，確實沒有看到藤堂。

「嗯，那個時機點真是太棒了。原來志乃原以前真的是籃球社的啊。」

「對吧……咦，等等？你剛剛是在稱讚我嗎？還是在貶低我？」

「之前看妳投球的姿勢真的很糟，老實說我一度懷疑妳說的是不是真的。」

「這是在貶低我吧！學長你這個不知感恩的傢伙！」

志乃原憤憤地說著，並為了想把毛巾抽走而朝我靠了過來。

就在這時，我突然有種不祥的預感。

「危險！」

我朝著不知道是誰喊出的聲音看去，只見橘色的球體差點就要擦過我的耳朵。

球前進的方向恐怕是——

我反射性地伸出手，球直接擊中我的手背。陣陣作痛的感覺讓我不禁皺起了臉。

反彈回去的球當場落下，滾落到一邊。

要是我沒有出手擋下，志乃原就會被直接擊中。

擊來的籃球是六號球。

這跟巧克力派不一樣，要是打到的地方不對，可不只是喊痛就沒事了。真是千鈞一髮。

我看向球場時，只見女子組的比賽已經開始，大概是傳球失誤之類的原因，球才會飛過來吧。

就籃球比賽來說，球直接飛到觀眾席並不是多罕見的事。

「妳沒事吧？」

我這麼一問，志乃原在短暫的沉默之後，大聲地喊道：

「請、請你不要突然做那種帥氣的事情好嗎！你是怎樣啊，真是夠了！」

「也太不講理了！」

志乃原快步走掉不知消失到哪裡去之後，大概是傳球失誤的那個女選手就為了向她道歉而追了上去。

直到看不見她們的身影，體育館被包覆在一陣輕笑聲當中。

才參加兩次而已，她還真融入這個同好會。

想著這還真不是自己能辦到的，不禁嘆了口氣，我回到深愛的智慧型手機身旁。

「……好累啊～～」

這麼喃喃著，我打開了手機。

畫面上顯示出新的通知，仔細一看是那月傳的。

她似乎不太相信我那句「能去的話就會去」的回答。

從鎖定畫面中可以看到通知上顯示出「是不是沒什麼興趣啊！（笑）」。

「……就算問我有沒有興趣……」

不是不想去，但沒有女伴也沒轍。

考慮到是會喝酒的派對應該就會檢查參加者的年紀，那也不能約志乃原去。

情人節當天彩華應該不可能有空吧。八成會被找去參加同好會的某種聚會。

跟我不一樣，那傢伙的交友圈現在可是我的好幾倍。

即使如此，除了那兩個人以外，我還真想不到可以約哪個女生去參加「情人節派對」這種聚會。

如果要跟那月一起去，對我來說難度又太高。

——看來只能拒絕了。

反正也沒有強逼自己一定要去的理由。

若說對於情人節沒有約這件事一點也不寂寞，就會是謊言，但大學生可是最會消磨時間的了。

搞不好回過神來，情人節這種莫名其妙的節日都已經結束了。

也算為了那月，我決定還是趁早果斷拒絕這個邀約，便在智慧型手機上打起字來。

就在回絕她的內容傳出去的瞬間，有個寶特瓶撞到了我的大腿。

似曾相識的情景。

我抬起頭，只見藤堂單手拿著球笑著對我說「請你的」。

「哦，真的假的。雖然不知道為什麼，既然是你請客，我就不客氣了。謝啦。」

「哈哈，儘管收下吧，ＭＶＰ。」

藤堂露出爽朗的笑容，坐到我身旁。

他靈巧地用單手轉開寶特瓶的蓋子，就朝我這邊靠過來。

「來，乾杯～～」

「哦～～乾杯乾杯。」

彼此輕輕撞了一下寶特瓶之後，用運動飲料潤喉。

果然還是運動飲料最能沁入運動後的身體。

「謝啦。之前也是，今天也是，連續被你請了兩次啊。」

「我剛才也說了吧。這是ＭＶＰ的報酬啦，報酬。」

藤堂讓球滾到沒有人的地方，靠上了體育館的牆壁。

「志乃原也說我是ＭＶＰ呢。是讓我很高興沒錯啦。」

「你一臉雖然高興，卻不太踏實的樣子呢。真搞不懂你這傢伙自我展現的欲望到底強不強。」

藤堂不帶挖苦地這麼說，大口喝起運動飲料。

我現在是真的為此感到高興，但在旁人眼裡似乎看不太出來。

「不過，原來如此。志乃原先對你這麼說了啊。」

「對啊。比賽一結束，她馬上就一邊罵我一邊這麼說了。」

聽我這麼講，藤堂便咯咯笑了出來。

「我很懂她的心情啊。悠，你每次都是這種感覺，我才正想說要找個機會好好跟你講明。」

「咦，講什麼？」

「把球傳遞下去也是一件很了不起的事情。剛才那場比賽也是，都只有我被稱讚，反而讓我莫名覺得討厭。而且，你先稱讚了我就變成那種氣氛，這樣就不會有人稱讚你了吧。」

藤堂將很快就喝光的空寶特瓶朝我的胸口輕輕敲了兩下。

「但真是太好了呢，現在身邊就有個會稱讚你的人嘛。另一個層面來說真令人火大。」

「怎、怎樣啦，你害我不知道要怎麼回你才好了。」

要向他道謝也覺得怪怪的，但就算回以玩笑話似乎也不太對。

不過看藤堂勾起了壞笑的樣子，我才正打算瞎扯兩句時，手機就震動了起來。

是那月傳來的訊息。

『什麼～～你來嘛！一定會很好玩啦！』

「怎麼會啊……」

我沒想到她會這麼堅持。

就一次單純的邀約來說，她是不是有點太熱情了啊？

「怎麼了？」

藤堂單純基於好奇心向我問道。

讓別人看LINE的聊天內容有失禮儀，但如果是這樣的內容給他看也沒關係吧。

再說了，比起我，藤堂去參加感覺還比較適合那個場面的氣氛。

「有人約我去參加情人節派對。我才剛拒絕她而已。」

聽我這麼一說，情人節派對這幾個關鍵字似乎也讓藤堂產生了興趣，他覺得很有趣地向我問道：

「哦，感覺不錯啊。你為什麼不去啊？超有季節感的吧。」

「參加條件是要男女一組啊。不然你跟你女朋友去嘛。」

我將寫有派對詳情的圖傳到藤堂的手機。

上頭意外地寫了很多密密麻麻的字，所以我一點也不想仔細看。

藤堂看了我傳過去的圖，便搖了搖頭。

「不了，這個會場確實是很潮啦，但還是算了。」

「咦，為什麼啊？」

「時間無法配合應該是最大的理由吧。我已經跟女朋友約好情人節當天要一起過了。」

「也是，你確實是這樣吧。如果舉辦的時間不是情人節當天，你搞不好會去？」

聽我這麼問，藤堂又搖了搖頭。

「不，比起我，您你才更該去參加這種活動吧。不然你約志乃原去啊？那個女生應該會很開心地跟去吧。」

藤堂的視線看向在球場那邊跟人閒聊的志乃原。

如果是無論跟任何人都能毫無隔閡地聊天的志乃原，應該會開開心心地跟來吧。

「是沒錯啦，那傢伙的社交能力也超強的嘛。」

「……我這麼說並不是這個意思，但這樣講也沒錯啦。所以，你覺得如何？」

「不行啦。那傢伙還未成年。」

我一語回絕之後，藤堂也點了點頭。

「啊～～也是，如果要確認年紀就麻煩了。」

他接受這個說法的原因不太符合倫理，但並不讓人討厭。

我也向藤堂應著「沒錯」並點了點頭，接著喝光運動飲料。

「那彩華同學呢？」

藤堂別無他意地向我問道。

而我對他的提問只是搖了搖頭。

「我也有想過。但不管怎麼想都不可能吧。」

「為什麼這麼想？」

「那傢伙跟我不一樣，忙得很呢。」

我這麼坦言，藤堂只是嘆了口氣。

「我說你啊，這種事情不約看看不會知道吧。」

「就是知道啊。你才是不知道那傢伙的交友圈有多廣吧？」

「我知道好嗎？之前我去參加其他同好會的聚餐時，彩華同學也在啊。而且感覺跟大家都超熟的。」

「太可怕了吧……」

看在大學才認識彩華的人眼中，應該會相當不解她為什麼跟我特別要好吧。

畢竟要是立場對調，換作是我也敢說自己絕對會抱持一樣的疑惑。

「凡事都該先嘗試看看，你就打電話問問啊。反正你也沒有其他對象了吧。」
藤堂像要推我一把般這麼催促道。
我也只好打電話給彩華。
當我聽著撥號聲，才想到其實也可以傳訊息問她就好了。
響了四聲之後撥號聲中斷，然後傳來陣陣雜音。
接著就聽見喀喀的腳步聲。
看來彩華現在人在外面。
『喂——』
「嗨，彩華。情人節當天好像有個派對，我們一起去參加吧。」
我這麼約她之後，藤堂在旁邊說著「竟然劈頭就問了！」並小聲笑了起來。
如果是其他女生，我應該會拿出不太一樣的口氣應對，但如果是彩華就不用繞圈子，直接一點反而剛好。
當然，我是抱持著會被她拒絕的前提去問，心情也比較輕鬆。
『什麼啊，你也太突然了吧。好啦，我會把那天空下來。』
「啊？」
我懷疑起自己聽見了什麼。

『嚇我一跳，怎麼啦？』
「還問我怎麼……」
情人節當天彩華竟然有空，這簡直就像一場奇蹟。
我會這麼驚訝也是理所當然。
「……妳答應得還真乾脆啊。難道都沒有約嗎？」
『不要問那麼不識相的問題好嗎，反正我都答應你了啊。』
聽她這麼回答，讓我察覺出她之前就有約了。
她是在已經有約的前提下，接受了我的邀請。
雖然不知道她是要回絕怎樣的邀約，但總覺得對於先約她的人感到抱歉。
不過就算是彩華，應該也不會拒絕在人緣交際上重要的約，就這點來說我的罪惡感也不會那麼重。
『那我就快到打工的地方了。拜拜。』
「啊，妳正要去打工喔。這樣啊。」
既然她答應了，就代表我情人節那天有約。
我一邊想著這件事開口，沒想到成了一句感覺很不乾脆的回應。
彩華輕輕笑著說：『怎樣啦？』

『是想再跟我講久一點嗎？』

「啊，不是，沒關係。而且我現在也正在同好會打球。」

『啥！什麼嘛！把我不禁覺得你有點可愛的少女心還來！』

「誰、誰管妳啊！隨便妳怎麼想！」

我這麼大喊出聲之後，同好會的隊員都紛紛朝我這裡看來。

藤堂則是裝作不知道似的綁起了鞋帶。

「拜拜，妳打工加油。」

『總覺得很難釋懷耶，不過算了。拜拜，謝啦。』

彩華最後向我道謝就掛上電話。

我一看向藤堂，他就豎起拇指還笑到露出潔白的牙齒。

「你看吧！」

「……也是。嚇了我一跳。」

「她當然會答應啊。」

藤堂一邊笑著，輕快地站起了身。

「聚餐的時候啊……就是不知為何在我參加的同好會聚餐上，看到彩華同學那時候。」

「你剛才說的那次嗎？」

「對啊對啊。那時候我跟彩華同學說了悠在同好會上的表現。」

「你別多嘴啊。」

我噘起了嘴，藤堂就對著我雙手合十。

「對不起嘛。不過，彩華同學的反應還真的不一樣耶。該怎麼說呢，讓人感受到你們真的很要好，實在很有趣。」

「……那倒是……」

確實會讓人坦率地感到開心。

原來就算是我不在的場合，彩華也會坦言跟我很要好啊。

——我真的是身處在一個很好的環境當中。

「太好了太好了。」

「哈哈，什麼嘛。」

藤堂一邊做起伸展，笑了開來。

看來他已經在替下一場比賽做熱身運動了。

這時我也看到再次進到體育館的志乃原，便跟著站了起來。

跟藤堂不一樣，我覺得身體相當沉重。

看來運動量還是遠遠不足，這讓我不禁嘆了一口氣。

第3話　情人節派對

大學漫長的春假已經過了差不多兩個星期。

這段時間都沒有什麼特別的計畫，一星期去打工兩次，然後去同好會打球一次。

除此之外的時間都是在家耍廢度過，這也讓我的春假變成黑白的。

大學生在長假開始之前，通常都會充滿期待，但真的放假之後，大多學生都不禁一直過著浪費時間的生活。

直到要回學校上課時，才會後悔應該要過得更有意義一點。

像我這樣怠惰的學生，有幾個方法可以脫離黑白的生活。

其中一個就是去參加某種活動。

今天是二月十四日情人節。

在這段長假當中事先有約，而且是少數的活動就安排在今天。

「學長，今天我有約了，所以不會煮晚餐喔～～」

「嗯——沒關係，我今天也有事。」

志乃原一邊看漫畫一邊這麼跟我說，我用了平板的語氣回應她。

聽到我的回答之後，志乃原從仰躺的姿勢起了身，並改為盤腿坐著。

「哦哦，難得耶。你今天明明不用去打工，也不用去同好會啊。」

「妳為什麼這麼了解我的行程啊，好可怕……」

「喂，請別把話說得那麼難聽！只要看到學長仔細把行程都寫上去的月曆，就一目瞭然了好嗎！」

志乃原朝著月曆的方向指去。

跟著看了過去之後，我確實有在要打工跟要去同好會的日子上用彩色筆做記號。

但是，寫有今天日期的欄位還是空白的。

或許是對此感到不解，志乃原稍微歪過了頭。

「學長，你今天是有什麼事啊？」

「參加派對吧。」

那月邀我去參加的情人節派對。

對我來說是少數帶有刺激感的活動之一。

話雖如此，也只是要去參加派對，並非有著特別的目的就是了。

「哦，派對啊！感覺很好玩耶，是什麼的派對呢？」

志乃原的雙眼閃閃發亮地這麼問我。

「很可惜，是禁止未成年的人參加的派對。」

「咦！」

志乃原聽了我的回答，臉就紅了起來。

「……那個，這種時候我應該要笑著送你出門才是正確解答嗎？」

「什麼意思？」

「總、總覺得這個情況下，我這個女生對你說『請好好享受吧』也不太對……」

「……我不知道妳是有什麼有趣的誤會，但那是專屬大學生的派對喔。只是聽到『禁止未成年』這幾個字，妳的反應也太大了。」

我這麼冷靜地回她之後，志乃原先是傻愣了一瞬間才開口說：

「學……學長，你現在是樂得看我露出醜態的變態！」

「不要這樣微妙地押韻啊！」

「光是聽你剛才那樣說，任誰都會誤會好嗎！」

志乃原這麼說著就從床上下來，將漫畫放回書櫃。

然後拿出下一集，就又猛地坐回到我的床上。

看志乃原的這副模樣，我嘆了一口氣。

今天為了參加派對，我跟彩華約好下午六點在車站前會合。

現在時針指向五點，差不多該準備出門了，但礙於眼前沉浸於看漫畫的志乃原，我遲遲無法開始行動。

但要把一個外人留在家裡自己外出好像也不太好。

——外人啊。

我瞄了志乃原一眼。

志乃原一星期當中會來我家好幾次。

一般來說應該會覺得不太高興，但志乃原就是有著讓人不禁容許她的氣質。

而且志乃原確實為我日復一日的生活帶來一點色彩，因此抱怨歸抱怨，或許我也滿喜歡這樣的狀態。

「煮的飯也很好吃嘛——」

「……總覺得聽到了很現實的一句話，不過算了。因為我正在看書。」

若要探討起看漫畫能不能算是在看書，意見應該很分歧，但總之現在得先讓志乃原回家去。

「所以說，志乃原。妳該回去了吧。剛剛也說了，今天我有約。」

距離約好的時間剩下一小時。還要花超過四十分鐘才能抵達會合的車站，時間上來說已經相當緊迫。

「我會回去啦。但再等我一下嘛，現在剛好看到很精彩的地方。」

「那麼前面的劇情有特別精彩的地方嗎……？」

「有，當然有啊！」

前幾天給她看的少年漫畫週刊成為契機，志乃原現在已經成為我房間那套漫畫的俘虜了。

她在往來我家之前，好像幾乎沒有看過少年漫畫雜誌。

這個學妹正在看的是最近勢如破竹接連大賣的漫畫，因此我也可以明白她沉迷的心情。

我不得已暫時放棄先讓志乃原回家，開始做起外出的準備。

當我開始找東西的時候，志乃原就到床上避難，勉強還是有替我做了最低限度的著想。

東西都準備好之後，我不客氣地對她說：

「妳到底有沒有要回家啊？妳今天也有約吧。」

跟彩華一樣，志乃原今天也有約，這件事剛才已經從她本人口中得到證實。

在跟人有約之前竟然先跑來我家看漫畫，未免太悠哉了吧。

她只要說一聲，漫畫要借她幾本都沒差啊。

「有啊。看完這集之後我也要去買東西了。」

這個回應徹底傳達出她現在沒有要離開的意思。

畢竟志乃原有恩於我，雖然不是不能硬把她趕出去，這樣做卻也不太好。

我不甘願地下定決心，將家裡的鑰匙丟給志乃原。

「拿去，至少要把門鎖好喔。」

「好啦——……什麼！咦，鑰匙？」

志乃原闔上漫畫，撿起掉在大腿邊的鑰匙。

我強忍下想離題對她大吼「妳對漫畫的熱情只是這點程度嗎」的心情。現在跟她吵這種事情只會浪費時間而已。

「就是鑰匙啊。把門鎖上之後要記得放進信箱裡喔。可別弄丟了，請人重打一把其實還滿貴的。」

這是我的親身經歷。

國中的時候因為把家裡的鑰匙弄丟了，就拿零用錢去重打了一把，結果缺錢好一段時間的事情我至今都無法忘懷。

而且很不巧地，大概在半年前左右才弄丟了一把鑰匙，所以我現在手邊沒有備份鑰匙，必須請她還給我才行。

而且，那把鑰匙上有著我重要的回憶。

──我看還是不要把鑰匙交給志乃原好了。

當我瞬間改變主意，正想把手伸出去的時候，一看到志乃原的表情就又收回來了。

「要、要還你啊。這不是備用鑰匙，而是要還的是吧──不過，這算是那個吧。該怎麼說呢，算是向前邁進了一步吧。」

志乃原感覺很珍惜地拎著鑰匙，看著掛在上頭的鑰匙圈嘴角勾起微笑。

「這個鑰匙圈也好可愛。」

「……對吧。」

聽了這句話，我再次下定決心將那把鑰匙借給志乃原。

掛了一個像是可愛雪豹吊飾的鑰匙圈。

是「那傢伙」喜歡的鑰匙圈。

雖然不太想借給志乃原，但現在只拿回鑰匙圈也顯得有點不自然。

我單手拿著剛買的手拿包，就走出了客廳。

「路上小心──！」背對著這聲很有精神的招呼，我不禁嘆了一口氣。

白色的氣息冉冉飄去。

我一邊呆望著白色氣息，想了很多，最後想到的還是今天是情人節這件事。

收到志乃原傳「今天也要去你家喔」的ＬＩＮＥ時，感覺就像是收到了巧克力一樣，但她最後何止沒有給我巧克力，感覺甚至連個巧克力都沒帶。

沒有收到巧克力也不會感到特別可惜，但心情上多少還是有點失落。

不過，沒收到的這個結果，在某方面來說或許也無可厚非。

看來就算成了大學生，也還是會因為巧克力數量的多寡讓心情隨之起伏。

「真是沒出息的傢伙。」

我對自己這麼喃喃，就朝著車站直奔而去。

◇◆

抵達車站的時候，正好是約好的下午六點。

在繁忙的來往人潮之中，我看見了那道熟悉的背影。

「彩華。」

聽我這麼叫就回過頭來的彩華，不知道是不是錯覺，她今天的妝似乎比平常還要引人注目。打扮也是以黑色的衣服為底，再加上銀色的飾品，展現出閃亮的高級感，所以才會在人群中馬上就認出她來。

彩華一看到我，踩著高跟鞋喀喀地走了過來。

「嗨，好久不見。那次聚餐以來就沒碰面了呢。」

「對啊。感覺不出來其實有那麼久沒見面就是了。」

自從開始放春假之後，我跟彩華雖然沒有見面的機會，卻通過好幾次電話，不太有很久沒見面的感覺。

但她看起來比平常還要漂亮的臉蛋，也讓我覺得有點緊張。

就連跟她認識這麼久的我都會緊張了，可見她今天做足了準備。

而說到我自己，儘管是要去參加專屬大學生的派對，打扮卻還是跟平常沒兩樣。

或許該換上再正式一點服裝會比較好。

我才這麼感到後悔，彩華就像是踩中了我的痛處說：

「你穿的衣服也太普通了吧，就跟要去上課一樣啊。」

「又、又沒差，只是去喝酒聊天而已吧。」

見我被說中痛處就撇過頭，彩華傻眼地說：

「我說你啊，該不會沒有仔細看那月傳來的那張圖吧？」

「有什麼嗎？」

「還說什麼……就是情人節的企畫啊。男女會隨機湊成一組聊天，感覺還不錯的話，男生就會收到那個女生給的巧克力。多虧如此，我光是做巧克力可就費了好一番功夫耶。」

「啊？」

——那是什麼地獄般的企畫啊？

我連忙點開跟那月的聊天視窗確認，還真的有這麼一項內容。

要是因為第一次見面的女生對我沒什麼興趣而沒收到巧克力，那倒也沒什麼關係。

但沒有收到巧克力這件事依然會對我造成精神上的打擊。

要是我一個也沒收到，就會哭著跑去找彩華了吧。

「我應該不能說現在就想回家了吧？」

保險起見我還是這麼確認了一下，結果彩華像在生氣一般，把紙袋推到我的面前。

「當然不能啊。我都特地為今天做了巧克力耶。而且說穿了，不是兩人一組就不能入場了啊。」

「哎呀，就去找看看有沒有相同遭遇的男人之類。」

「我才不要，那也太麻煩了。你放心吧，我有打算要給你巧克力，至少不會掛零。」

聽了這句回應，我的心情稍微振作了一點。

我跟彩華認識這麼久了，至今都還沒收過她的巧克力。

就算收下了也是友情巧克力，但依然是她親手做的。

……我也只能以此為慰藉，撐過這場派對了。

「你那是什麼表情啊？對我的巧克力有所不滿嗎？」

彩華一臉生氣地抬頭看我。

害我連忙擺了擺手否定。

「不，我才沒那麼想。要不是妳說會給我，現在我可能已經逃走了。」

「是嗎，那就好。要不是有這種機會，我基本上也不會送人巧克力就是了。」

「為什麼？」

「哪有為什麼，當然是以前得到的教訓啊。我可不想被捲入女生之間的血戰中。雖然最後好像被說成性格有缺陷就是了。」

她是在說高中那時的事情吧。

長相漂亮的女生很容易被捲入那樣的紛爭中，這件事我也切身體會到了。

「反正像妳這樣的傢伙，不管做什麼別人都會有意見啦。妳放棄吧。」

「等等，你剛才應該要安慰我才對吧？為什麼要補槍啊？」

「妳也不想因為這種事情被我安慰吧？而且我也不想安慰妳。」

「……這樣說是沒錯啦。總之，我今天可是卯足勁做了好幾個巧克力呢。」

彩華說著「你看」就將紙袋拉開。

但我在看到內容物之前，就先因為聽她說到一句令人在意的話而費解。

「為什麼要帶好幾個巧克力啊？一般來說一個就好了吧。」

我這麼一問，彩華用傻眼般的口氣答道：

「我告訴你，要是一個人只帶一個巧克力，就會出現好幾個像你這樣可憐的男人了吧。注意事項也有明言要多做幾個帶來喔。」

「原來如此，所以大家都會多做一些啊……女生也真辛苦呢。」

既然這樣，彩華的巧克力的稀有價值也跟著下降了。

雖然我一樣覺得很開心，多少還是有點可惜。

一邊這麼想，我看向彩華提著的紙袋，結果裡頭看起來明顯裝了十個左右的巧克力。

「妳也做太多了吧。為什麼要做這麼多啊？」

「當然是為了找到候補男友啊，子彈準備得越多越好嘛。」

「妳就是這樣才會引來元坂那種男人喔。」

「少囉嗦啦，反正就是亂槍亂打嘛。」

「妳也有是在亂槍打鳥的自覺喔……總之，我知道妳也是為了今天在努力啦。真拿妳沒辦法。」

從彩華說的這番話看來，就不能說主辦單位只對男生很過分。

既然女生似乎也被強求必須去做這麻煩的巧克力，那我今天也只能帶著覺悟好好努力了。

才當我這麼想，彩華又補上了無謂的一句話。

「相對的，女生的參加費用只要五百圓呢。」

「喂，我可是出了四千三百圓耶！太扯了吧！」

「這類交友型的派對差不多都是這樣吧。不如說這還算便宜的了，光是可以收到巧克力你就該謝天謝地了。」

「我不想去啦！至少讓我換個衣服！」

「等等，你不要鬧啦，吵死了！」

我的後腦杓被狠狠地打了一下。

打下去的聲音雖然響亮，但比起這股疼痛，我覺得現在就能想像到的，接下來胸口的疼痛才是更重大的問題。

◇◆

「已確認無誤，請進。」

將入場券交給工作人員，並被帶進場內之後，發現那是個隨便就能容納百人的會場。

由於實際上的人數大概四十人左右，因此感覺起來相當寬敞。

而且是將高樓的一整層作為會場，夜景可說是一覽無遺。

可以享受這般高級感，價格卻相對平價，確實符合受學生歡迎的會場這段宣傳。

「哦，沒想到這地方還不錯呢。我原本不對會場抱持期待呢。」

「一般來說就算想來這種地方，光參加費用可能就要七千圓左右了。」

我這麼感慨地說，結果彩華露出費解的表情。

「你在說什麼啊，價位差不多是那樣啊。畢竟飲料是單點的。」

「什麼，等一下還要再收錢喔！」

「你太大聲了啦！」

彩華狠狠捏了我的上臂。

我一邊揉著隱隱作痛的手臂時，在會場上發現一道眼熟的身影。

是邀請我來參加派對的那月。

我才想去跟她打招呼，就看到那月也正在和身邊的男生閒聊。

而且，那個男的我也認識。

「彩華，那月身邊那個男的不就是……」

「呃！」

彩華毫不遮掩地皺起了臉。

在那月身邊的人，是元坂遊動。

聖誕節的聯誼上不但一直對彩華她們女生說些下流的話，最後還被闖進來的志乃原甩掉的男人。

儘管彩華身為主辦，那場聯誼卻以失敗作結，對彩華來講應該也是一段痛苦的回憶吧。

「為什麼那個人會出現在這裡啊？而且那傢伙跟那月是朋友嗎？」

「妳都不知道了，我怎麼會知道啊。希望他不要跑來找麻煩。」

「反正你只要跟女生聊天就好了，沒差吧。」

「妳也是只要跟平常一樣裝乖就能輕鬆應付了啊。」

「什麼！你這傢伙——」

正當彩華說到一半，音效就響徹了整個會場。

會場的光線昏暗下來，這時鎂光燈只照在走上前的男子身上。

「歡迎大家今天前來參加情人節派對，我是主辦津田。」

這麼自稱的男子很年輕，看起來應該還是個學生。

彩華感到有些無聊地看著主辦人，不過身邊也有很多人的眼神都亮了起來。

「突然間冒昧問一下，今天有誰已經收到巧克力了呢～～！」

主辦人舉起手這麼提問之後，有零星幾個人舉起手。

元坂也自豪地舉起手來。

彩華這時拍了拍我的肩膀，並靠近耳邊問道：

「你有收到了嗎？」

「我不但一個都還沒收到，等一下也不覺得收得到啦。」

「什麼嘛，你也要把我送的算進去啊。」

話雖如此，彩華的巧克力的稀有價值，應該是這整個會場裡最低的吧。

儘管有人也是做了好幾個巧克力，但像彩華這樣做到裝滿紙袋的，環視四周也不見第二個。

「祝妳的小子彈可以打中啊。」

「不要說是小子彈好嗎，這可是堂堂大砲耶。」

「大砲才不能這樣連射好幾發。」

「我填充砲彈的速度可別跟一般人相提並論。」

彩華得意洋洋地這麼說。

當我正想再回她幾句時，被頂著一頭茶色蕈菇鮑伯頭的人給打斷了。

「小彩！」

那個人正是那月。

她一樣戴著大大的黑框眼鏡，身後還跟著元坂。
「小彩，看到妳來參加讓我好高興喔！今天要玩得盡興喔！」
「那月～～！要是只有我一個女生來這種場合會覺得很不安，多虧有妳約我，成了很好的契機呢～～！」
看著彩華小聲跟人熱聊起來，我為她切換態度的速度感到瞠目結舌。
元坂似乎也從暗處發現了彩華，他感覺很興奮地說：
「小彩，好久不見耶！我有來參加真是太棒啦，實在超High的！搞不好我也能收到妳的巧克力喔！」
「元坂，好久不見啦。就是說啊，我搞錯分量結果做太多了～～當然會給你嘍，我甚至還想給所有跟我一起聊天的人呢！」
我離開了在談笑的彩華身邊。
之後可能會被她罵，但比起那個場合，我還是一個人獨處比較好。
幸好現在會場上除了主辦人站的地方都滿昏暗的，不會太醒目。
「那麼，請各位確認一下您手中的入場券！都有看到上面標示的號碼了嗎？」
聽著主辦的人的說明，我從口袋裡拿出入場券，雖然看不太清楚，上頭確實大大地標出三十一這個數字。

「每一位參加者都像這樣有一組號碼，我們會用這個號碼隨機配對。每隔十分鐘就會將配對號碼貼在前面，請各自聽到呼喊就至前方確認。入場券的一角附有一杯飲品的招待券，請至吧檯撕下使用喔！」

無論是男女比例的調整，還是號碼的分配，這還真是個都交給參加者應對的企畫。

手寫的大字報在燈光的照射之下，即使是在昏暗的環境中也能確認到號碼，看來還是有做到最基本的顧慮。

我往前走去，終於找到自己的號碼，對方的號碼寫著十四號。

環顧四周，大家都各自一邊走一邊問「請問四十號的人在哪裡呢～～」之類，喊著對方的號碼找人。

儘管對於要在這個昏暗的會場中，靠自己找出配對的對象而感到絕望，我仍勉強學著身邊的人開始找起。

當我喊著「請問十四號是哪一位～～」找了幾十秒之後，終於聽見回應了。

在許多人都在找對象的狀況下，剛才那幾十秒對我來說簡直就是地獄。

「我！我是十四號～～」

那是一道耳熟的聲音。

如此回應的人走了過來，她正是剛才在和彩華聊天的那月。

「咦，什麼嘛，是那月啊。」

我鬆一口氣這麼說之後，那月的反應感覺有點沒勁。

「哎呀，是悠太啊。討厭，竟然是認識的人。」

「妳這傢伙真沒禮貌！」

「明明先說『什麼嘛』的人就是你。」

「啊，也是。抱歉抱歉。」

雖然不經意脫口的話不帶其他意思，但那樣的說法確實會讓人聽起來覺得很沒禮貌。

我坦率地道歉之後，那月也笑著說「不用介意」。

那月似乎也只是開玩笑地噘起嘴而已。

「哎喲，你也真是個老實人耶。」

看她用很討人喜歡的笑容對我這麼說，讓我不禁擅自抱持了「真不愧是那個同好會成員」這樣的感想。

「那總之就先來閒聊幾句吧。謝謝你今天來參加。」

「為什麼要向我道謝啊……還是說，那月是主辦方的人？」

我有聽說過這種派對會有主辦方的人混進參加者當中。

然而那月搖了搖頭。

「不是喔。但我朋友是主辦那邊的人，所以多給我幾個名額，好讓我帶朋友來玩。」

「喔喔，所以才會約我啊。」

「沒錯！朋友多一點才比較好玩嘛～」

「哦。但為什麼是找我啊？」

那月的交友圈感覺就很廣，要邀請朋友的話，應該多的是其他人選吧。

因為我們開始熟起來，並不會覺得非常不自然，但總覺得有些地方滿令人在意的。

「問我為什麼喔。這個嘛，不久後你就會知道了吧？」

「什麼意思啊。」

她那話中有話的說詞讓我不禁露出苦笑。

但就算繼續深究這件事情，那月應該也不會再多說什麼了。

我能從那張開朗的笑容中，感受出就算我繼續追問她也不會回答的決心。

既然如此，我就拋出另一個令我在意的問題，轉換了話題。

「是說這場派對要是有人沒出席，那號碼會怎麼分配啊？難道不會湊不成對嗎？」

這次那月用食指抵著臉頰，說著「這會怎麼處理呢」，並歪頭沉思。

很會裝可愛。

但這跟志乃原的裝可愛好像又有點不太一樣。

「啊，我想到了。號碼好像是主辦的人當場決定的。會規定要男女一組才能入場，也是為了避免讓缺席的人影響男女比例的樣子。」

「哦。對參加者來說滿麻煩的，但看樣子站在主辦的立場來說，可以省下很多程序。」

總之，我對於這個說明表示理解地點了點頭。

在這之後，我們就聊著以前喜歡的漫畫之類的話題耗時間。

只要有共通話題，遇到這種場面就不會太痛苦。

那月好像也喜歡我給志乃原看的那套漫畫，聊得算是滿起勁的。

「時間到了。雖然短暫，但要請各位更換聊天對象了！」

才在漫畫話題聊開而已，主辦人就宣布要換對象了。

「第一個抽到的對象是悠太真是太好了！感覺解除了不少緊張感呢。」

「我也是。謝謝。」

這麼一說，我的視線自然而然就飄向那月拿在手上的紙袋。

雖然不是故意的，但我也不想被她認為是在表達「請務必給我巧克力」的意思，轉瞬間就抬起了視線。

然而那月好像已經發現我看向紙袋，便開口說：

「抱歉，我不能給你巧克力。要是送給認識的人，總覺得今天特地跑來這裡就沒什麼意思了。」

那月感覺很不好意思地向我道歉，反倒更是讓我覺得丟臉。

為了掩飾這種糗態，我笑著猛揮起手。

「沒、沒關係啦，沒準備那麼多巧克力，也是當然的啊！彩華做了那麼多才奇怪吧。」

「啊哈哈，說得也是呢。」

為了掩飾自己的糗態竟然把彩華的名字搬出來，也讓我在內心向她道歉。

而那個彩華則是還在和戴著圓眼鏡的男生聊天。

旁人看來應該會以為他們進展得很順利，但知道那笑容並非出自真心的我，不禁嘆了一口氣。

我覺得應該就是因為連在這種場合上初次邂逅的對象面前都裝乖，彩華才會一直都交不到她理想中的男朋友吧。

如果不認同只看表面就來搭訕的人，那也只能完全展現出自我而已。

但她之所以不會向第一次見面的人展現自我，也正是因為發生過「那件事」，看了實在讓人替她著急。

「你不跟小彩交往嗎？」

「我之前也說過了，那不可能吧。」

「咦～～但你們一直都很要好吧？」

「嗯，是沒錯啦。」

我有跟那月說過和彩華認識很久的事情嗎？

搞不好也跟藤堂一樣，是從彩華本人口中聽說的吧。

「那我差不多要告辭嘍。謝謝你！」

留下這句話，那月就離開我身邊了。

看著那月的背影，我的心頭不禁產生了一股騷動。

第4話　再次重逢

那月離開之後，我好說歹說還是享受著這場派對。

習慣這個場合就自然多了。

聊天的對象包含那月在內，來到第四個人的時候，主辦人的聲音響徹會場。

「那麼，在此進入休息時間。廁所位在裡面出口延伸的走廊直走到底右轉的地方——」

「咦～～聊得正起勁耶。」

正在跟我聊天的女生語帶不滿地埋怨了兩句。

雖然只聊了一些不著邊際的事情，但我覺得這個女生是至今聊起來最開心的對象。

儘管可能只是自己誤會了，但就像在說自己這個想法杞人憂天似的，那個女生從包包裡拿出一個包裝好的東西。

「來，這個給你。」

「咦！這樣好嗎？」

我嚇了一跳，那個女生便笑了開來。

她的耳環也跟著晃動了兩下。

「當然好，我也聊得很開心。你會這樣嚇一跳，難道是因為我的巧克力是第一個嗎？」

「對啊，第一個、第一個。之前也有人直到最後都聊得滿開心的，還是直接說『拜拜』就走掉了。」

「原來是這樣啊～～嗯，但我可能也明白那種心情喔。」

把禮物放到我的手掌上之後，那個女生伸展了一下身體。

「因為你完全不會聊些深入話題嘛。雖然聊得開心，但也只是聊得開心而已，不至於想更進一步。」

「咦，其他男生都會聊得很深入嗎？」

「會啊，像是戀愛話題之類。真的只是閒聊就聊完的人，這場派對上你還是第一個。」

我以為通常跟第一次見面的人都是聊些不痛不癢的話題，所以很意外。

不過在像這樣的派對中，為了在短時間內加深對於彼此的認識，或許也能理解會刻意拋出那樣的話題。

但說到頭來，我不覺得自己辦得到一樣的事。

「我大概也是跟你一樣的類型吧～～不太喜歡跟第一次見面的人聊太深入的話題，所以跟你聊天的時候，我覺得滿舒坦的。」

「這、這樣啊，謝謝。」

這讓我不禁害臊起來，也有點不知所措。

我從來不記得自己有被第一次見面的女生這麼直接稱讚過的經驗。

那個女生似乎還在等我繼續說下去的樣子，一確認我沒有要再開口之後，便勾起了微笑。

「那我走嘍。如果還有機會相見就好了呢。」

「是、是啊。再見。」

那個女生最後對我笑了一下，就走回會場的喧囂之中。

我的內心湧上雀躍的心情，感覺都要小跳步了。

休息時間開始之後，在變成一盤散沙的會場中，大家都隨意又自在。

確認到沒看見其他女生之後，我就像剛才那個女生一樣伸展起身體。

我的手上拿著的巧克力，讓我覺得自己像在這個會場中獲得肯定一般。

雖然輕巧，但確實就在手中。

我再次盯著那個包裝看時，身後傳來一聲招呼。

「你收到巧克力啦。」

彩華好像很感興趣地看著我手上的包裝。

從她的紙袋裡好像少了幾個的狀態看來，可以推測出她應該是每個聊天的對象都有送出巧克力。

「剛才那個女生給了我第一個。超開心的。」

「哦——但從剛才那個樣子看來，本來應該會有更讓你開心的事情才對吧。」

我摸不著頭緒便歪過頭，結果彩華露出傻眼的表情。

「你真笨耶。剛才那個時機應該要問聯絡方式才對吧。」

「咦，為什麼？」

「難道不就是因為聊得很開心嗎？我也不是一直在聽你們聊天，所以不知道理由是什麼，但從外人的眼光看來，也能知道那個女生是在等你說出這句話。」

道別的時候會那樣停頓一拍，原因就在這裡啊。

我才覺得可惜，這一切就結束了，所以也沒轍。

「這種就是只有在這個當下的一次機會才好啊。」我盡全力地裝模作樣這麼說。

彩華像是看透我的心思一般笑了。

「……休息時間是幾分鐘來著？」

「剛才有說是十分鐘。欸，要不要出去走廊那邊？這裡人好多。」

彩華這樣提議，她的雙腳已經朝著出口走去。

沒有想要聽人回答的態度，實在很像是彩華的作風。

我也只好跟著走出去之後，只見走廊分成兩路，沒有廁所的那邊幾乎沒有什麼人。

一靠上牆壁，我不禁打了一個呵欠。

「你也累了呢。」

「不見得吧，大概只是想睡了而已。」

「是喔。沒想到你還滿會跟第一次見面的人聊天呢。我高中的時候就這麼想了。」

「與其說會不會……應該很普通吧。我只是跟平常一樣在閒聊，偶爾聊得很起勁而已。要是跟妳相比，我不過是下等之下。」

聽我這麼說，彩華的表情覆蓋了一層陰霾。

「我才不會聊。」

「為什麼？妳不是都聊得很開心嗎？」

在我的印象中，只要有彩華在的地方，笑聲都是不絕於耳。

那是自從高中的時候開始，除了某個時期以外，從來沒有變過的事實。

要是在第一次加入的小團體當中，有彩華這樣會讓場面熱絡起來的人在，身邊的人應該也都會覺得很輕鬆。

然而彩華卻搖了搖頭。

「或許會聊得很熱絡，但就是沒辦法像跟你聊天時一樣這麼坦率。如果要找男朋友，一開始就展現出自我，想必就會比較輕鬆。就這層意義來說，我才是很羨慕打從一開始就完全展現出自我在聊天，並與人培養起關係的你。」

「我在面對第一次見面的人時，也會盡量表現得活潑一點喔。才沒有像跟妳聊天時一樣完全展現出自我啦。」

「……是嗎？這就叫籬笆外的草比較綠吧。」

「是啊。」

我點頭認同彩華說的話。

沒有教人如何待人處世的課本。

我也曾經想過如果可以像在學校念書一樣，分成不同單元教會我們就好了，然而會教我們這種事情的，往往都是學生不太會去買來看的散文。

即使如此，在一旁看著彩華也是可以學到東西。

彩華這樣待人處世的能力並非出自天性，而是刻意的吧。

只要認識高中時的彩華，就能明白了。

若是像志乃原那樣天生的個性，就算在一旁看著，也只能說出「好厲害」這一句感想而已。

然而看著有意改變的彩華，感覺就能學習到一些東西。

假如我真的就像彩華所說，是個很會跟第一次見面的對象聊天的人，那肯定也是從彩華身上學習的成果。

如果是這樣……

「如果是這樣，妳還是很厲害啊。」

「……我聽不太懂你講話的邏輯耶。不過算了，謝謝你。」

彩華垂下了眉，輕輕笑出聲。

只在親近的人面前才會露出那種表情。

——就是這樣啊，只要向人露出這個表情就好了。

然而我沒有說出口，只是在內心這麼說道。

彩華呆望著窗外的景色一段時間之後，挺起原本靠在牆上的背開口說：

「雖然有點早，但我們回去吧。十分鐘很快就會過了。」

「也是。待在這裡也聽不到主持人的聲音。」

「我要去一下廁所，你先進去會場吧。還有，幫我拿著裝巧克力的袋子。可別掉嘍。」

接過紙袋之後，彩華就朝著廁所的方向走去。

◇◆

一回到會場，迎面就能聽見學生們的聲音。

昏暗的燈光應該是為了營造出心理上的效果吧。

情人節派對已經開始超過一個小時，仍還有一個小時左右。

配對聊天收下巧克力的企畫只剩下最後一次，我打算至少要參加到這個階段。

朝燈光明亮的地方走去，發現那是拿飲料的吧檯。

我回想起主辦人在一開始的招呼時，有說入場券的一角是飲料招待券。

我撕開入場券，並將招待券遞給工作人員。

「請問您要喝點什麼呢？」

「呃，給我一杯螺絲起子。」

我點了少數記得名稱的雞尾酒。

我記得螺絲起子是以伏特加為基酒，再加入柳橙汁的雞尾酒。

如果基酒換成乾琴酒，名稱就會變成橙花，但說真的我還喝不太出這兩者的差異。

接過螺絲起子之後，為了避免溢出來，我小心地喝了一點。

喝下去相當順口，但其實酒精濃度很高，似乎也因此被稱為少女殺手。

我一邊想著不知道女大學生當中有多少人曉得這件事情並環視四周，只見到處都有人開始喝起酒來了。

在這當中也有看到元坂的身影。

他單手拿著酒杯，正在搭訕女生的樣子。

女生對於元坂笑著說「來交換ＬＩＮＥ嘛！」似乎也滿開心的，隨即就拿出了自己的智慧型手機。

或許和第一次見面的人聊天，態度那樣輕浮反而剛好。

只要別擺出像在聖誕節聯誼時那樣的態度，元坂就是個比我還好相處的人。

證據就在於他收到的巧克力數量比我還要多上許多。

看來情人節派對的系統比我想像的還更加殘酷。

男生的東西全都放進置物櫃裡了，因此一眼就能看出收到幾個巧克力。

到了休息時間還跟別人很親近地聊天的人，基本上都拿著好幾個巧克力。

雖然有聽說女性本能就是會被受歡迎的男性吸引，一旦真的目睹了這樣的光景，也讓我不禁認同。

才想著這種事情，我就看見了那月。

她帶來的巧克力好像都送出去了，只見她手上沒有東西。
那月一身輕盈地在跟某個背影好像有點眼熟的女生講話。
「休息時間結束，派對重新開始！」
燈光先是變成一次彩色的，接著轉暗。
再次點亮燈光時，已經不見那月跟另一個女生的身影了。
這個瞬間，有人輕輕拍了拍我的背。
「——！」
「……不用嚇成這樣吧。」
彩華從我手中接過裝了巧克力的紙袋，露出苦笑。
「呃，喔喔……不，抱歉。」
「什麼啊，你的反應真奇怪。就這麼怕黑嗎？」
「不，沒事。而且我要是怕黑，早就出現抗拒反應了好嗎？」
「啊哈哈，那倒是。不過你——」
彩華正想說些什麼時，周遭的人紛紛動了起來。
看來是配對的號碼又在前方貼出來了。
「去看看吧。」

這麼說著，我就離開彩華身邊，往前方走去確認號碼。

對方的號碼是二號。

「請問二號是哪位——」

……這個尋找對象的行動，下次能不能改善一下啊？

雖然我也沒有想要再參加這個派對的意思，但這實在太沒效率。

不過這應該包含了預算考量，要是以改善效率為優先，卻要提高參加費用的話，那又另當別論了。

反正是只有學生的派對，或許這樣只是剛好而已。

「二號是哪一位呢～～……」

正當我對於今天最長的找人時間漸漸感到厭煩時……

「——我是二號。」

我聽見了耳熟的聲音。

這個瞬間，我的腦中閃過剛才在那月身邊的那道背影。

——其實，在看到的瞬間就已經認出來了。

只是對於不經意看到的那道身影覺得不敢置信而已。
畢竟我們相處的時間就是長到光看背影就認得出來。
「嗨，悠太。你有來啊。」
僅是隔了一拍的遲疑就朝我打招呼的那個表情，我熟悉到覺得厭煩。
——這就是在分手之後，我跟相坂禮奈第二次的邂逅。

◇
◆

「真巧呢。」
禮奈小小聲地這麼說道。
主持人喊著「十分鐘，最後一輪的配對時間開始！」的聲音，幾乎都要蓋過禮奈的話聲了。
禮奈自己似乎也這麼覺得，便苦笑地又朝我問道：「有聽到嗎？」
「……有聽到。」
這麼近距離面對禮奈，是上個月以來的事了。

不過是前幾個月才分手而已，她看起來卻不太一樣，不知道是不是我看她的心情已經跟當時不同的關係。

說穿了，禮奈在打扮方面的喜好，也是在分手前就開始產生改變。

「你、你不要這樣盯著看嘛。要是知道可以見到你，我就會打扮得更認真了。」

「……為什麼啊，沒這個必要吧。」

跟前男友見面，應該沒必要認真打扮才是。

然而禮奈搖了搖頭回應道：

「不，就是有這個必要。但如果是悠太，應該會覺得要跟前男友見面，沒必要認真打扮就是了。」

想法就像被她看穿一樣，讓我不禁別開了視線。

不愧是交往過一年的對象啊。

「所以說，才更需要嘛。」

禮奈這麼說著，輕輕搔了臉頰。

面對前男友時，為什麼可以露出這麼溫柔的表情啊？我實在難以理解。

「……肚子好痛。害我想去上廁所了。」

「咦，你沒事吧？還好嗎？」

……聽不懂這種謊喔。

不過，這也理所當然。

有些謊言就連一同生活好幾年的家人都無法看穿了，前女友也不可能全都看得出來。

「……我騙妳的。」

「什麼，好過分。」

「哪裡過分。」

——劈腿的人，才更是過分一百倍吧。

我勉強吞回了這句話。

這讓我回想起在慶祝考完試那次聚餐的途中，她打來的那通電話。

她說了「我並沒有劈腿」的那通電話。

假設……假設她說的是真的，那我對她的斥責就是冤枉。

儘管我也想追問關於那通電話的事情……

「……算了，現在還是隨便聊聊吧。」

恐怕禮奈也希望這樣。

現在周遭的人太多了。

我不想在提供邂逅的派對會場上講這種事。

也不想被別人聽到。

「我真的沒有劈腿喔。」

「結果妳就這樣說出來了！」

我忍不住脫口吐嘈，禮奈不知為何感覺很開心地笑了笑。

「因為，要是配對時間結束之後，悠太你就會逃掉了嘛。」

「……當然會逃啊。妳有沒有搞懂自己現在的立場啊？」

因為自己劈腿而分手的前男友就在眼前。

看來禮奈有點缺乏這個自覺。

之前那次邂逅時，我也有一樣的感覺。

「立場是……前女友。悠太的前女友呢。」

禮奈這麼說著，第一次露出了難為情的表情。

然而那個表情看起來像是對於自己說出「前女友」這個詞所做出的反應。

「……知道就好。」

這樣回她一句之後，我的視線看向正在距離遠一點的地方，跟男生閒聊的那月。

察覺到我的視線，那月也看向我們這邊，並露出尷尬的表情撇開了目光。

——是禮奈拜託那月邀請我來參加派對的嗎？

要不是對我感到介意，她應該不會注意到從隔了一段距離看向她的視線吧。
而且一開始邀請我來參加派對的人也是那月。
如果是那月找禮奈過來，要讓我們重逢想必不用花費太多心思。
「妳跟那月是朋友嗎？」
我這麼一問，禮奈坦率地點了點頭。
「嗯。其實我跟那月原本是打算在派對結束之後見面。」
「妳們剛才也在聊天嘛……那妳一見面時那樣說很奇怪吧？明明就知道會見到我。」
正要喝雞尾酒的時候，我這才發現酒杯在不知不覺間就喝乾了。
——我是感到緊張嗎？
為了遮掩緊張的心情而吃東西或喝東西，是許多人都會有的舉動。
……我為什麼要因為跟禮奈重逢而緊張？
才這麼想，酒杯就遞來我的眼前。
裡頭有著白色的雞尾酒。
「請喝。」
「……我才不要。」
「但你很喜歡吧？這是白色佳人。」

聽她這麼說，我才第一次知道那杯雞尾酒是白色佳人。

白色的雞尾酒種類多如山，光是一眼根本分辨不出來。

「我確實是喜歡喝啦……」

以前我因為白色佳人這個名稱感覺像是女生在喝的雞尾酒，總覺得不好意思點，所以只有在跟禮奈去酒吧時會點來喝。

禮奈或許也是回想起這件事情，而說了「好懷念啊」。

「啊，話題偏掉了。呃，你是在問我明知會跟你見面對吧。這個回答呢，是我根本不覺得會見到你。」

「……這樣啊。為什麼？妳是為了跟我見面，才拜託那月吧。」

「『能去的話就會去』這種回答，一般來說都會覺得你不會來吧。當我聽那月說你的回應時，我就放棄了。」

……是沒錯，換作是我，或許也會這麼想。

以後還是多注意一下回覆的內容好了。

「你別責怪那月喔。」

「與其說責怪不責怪……我也沒有生氣。」

比起怒火，應該說因為派對而有點昂揚的心情不禁消退了還比較貼切。

然而我也有些顧慮細說自己的心境。

「你收到幾個巧克力了？」

「……一個。」

「那這就是第二個了。」

她拿出一個包裝精美的巧克力遞過來。

「妳不是沒想過我會來嗎？」

「嗯。但預防萬一，我還是做了。」

「這是妳自己做的？」

「當然啊。」

我們在交往的時候，禮奈並不太下廚。

我幾乎不記得她有做過點心。

「收下吧，就算你說不要，我也會硬塞給你。」

「……那我就收下了。」

——是不是選擇不要收下比較好啊？

雖然覺得收下前女友的巧克力也太思慮不周，但不知為何，就是沒有想拒絕的心情。

「我剛才說謊了。我不但認真化了妝，衣服也是做足了準備。但總覺得對你這樣說好像很狡猾。」

「那妳現在為什麼還要說？」

「因為我改變主意了。我——」

正當禮奈還想繼續說些什麼時，主持人的聲音響徹了會場。

「最後一輪配對時間結束～～！接下來的時間都可以自由進出會場！歡迎一邊喝酒，一邊跟熟起來的對象加深交流吧！」

主持人最後說著「非常感謝各位今天的蒞臨」就收尾了。

沒想到會結束得這麼乾脆，不過那個主持人看起來相當年輕。

如此一想，或許他今天算是主持得很好了。

「……那今天就聊到這裡吧。我朋友要回來了。」

「只要說是在派對上認識的人不就好了？」

「那可不行。」

如果是一般朋友，用這句話就能解決了。

但在派對結束之後應該會回到我身邊的那個朋友——彩華不但認得禮奈的長相，就連分手的原委都一清二楚。

實際上她們在上個月碰面時，彩華不但介入了我們的對話，還在背後批評了禮奈。

還是別讓她們碰面比較好。
我才正想開口說明這件事情……
這個決定還是慢了一步。
禮奈的視線撇向我身後，並會意過來。
「……啊，原來是這樣。」
她這麼說了。
「怎麼，把人講得像是礙事蟲一樣。」
是彩華。
禮奈僵著臉上的表情看向彩華。
「妳就是禮奈對吧。找這傢伙做什麼？」
即使聽見這道帶刺的話聲，禮奈的表情還是沒有變。
她上次像是逃走一樣轉身就離開了，但今天不一樣。
應該是因為沒有帶著不知情的朋友吧。
不僅如此，禮奈還像是被破壞了好心情一般皺起眉。
「我非得告訴妳嗎？跟前女友聊天有這麼奇怪嗎？」
「不會啊，那是隨個人開心的事。但妳可不一樣。」

「哪裡不一樣？」

「妳劈腿了吧。禮奈，妳有想過被劈腿的人的心情嗎？還是說妳想過了，卻還出現在這種地方呢？」

禮奈對彩華投以端詳的眼光。

彩華就像被那視線惹怒一樣，滔滔地說了起來。

「……妳在想什麼啊？難道是跟劈腿對象進展得不順利，事到如今才想復合？……這傢伙在關鍵時刻反而會沒辦法明確地說出口，所以我就替他說了。」

彩華瞄了我一眼，再次面對禮奈。

「妳不要再來見他了，這會讓人很困擾。」

「彩華，好了啦。」

當我上前阻止她們的對話之後，彩華狠狠地朝我瞪了過來。

「你真的有要阻止我的話，剛才多的是時機。既然讓我說到這裡都沒有阻止，就代表你也是這麼想的吧。」

「我不至於——」

話才說到一半，我就閉上嘴了。

在我腦中一隅確實有著凡事都想平穩解決的想法，但彩華的一番話確實也說出了我內心一部分的心聲。

我只是沒有把話明確說出口的膽量。

這麼一想，我在這個時間點出言阻止彩華，還真的是相當卑鄙的行徑。

即使如此，內心依然湧上想要阻止彩華的心情，究竟是我真的很不想在這裡鬧事，還是我太沒志氣，又或者是我至今對禮奈依然抱持特別的感情所造成的呢？

讓我不禁僵在原地的思考再次活動起來的，是禮奈的一句話。

「我並沒有劈腿。」

這是她在電話的另一端告訴我的那句話。

彩華露出狐疑的表情之後，有些嘲諷地揚起嘴角。

「這還真是奇怪啊。那妳為什麼在分手時不說出這句話呢？妳跟他分手的原因，正是因為妳劈腿被發現了吧？」

「這跟妳——」

禮奈才說到一半，就在途中閉上了嘴。

「……我是來見悠太的。」

禮奈的表情還是一樣僵硬。彩華不禁皺起了眉。

「這傢伙才不會期盼這種事。」

「……我跟妳沒辦法溝通，也不想跟妳說話。」

禮奈這麼說了之後，就回過身來。

「那我走嘍，悠太。我會再傳ＬＩＮＥ跟你聯絡。」

「……妳傳來我也會很傷腦筋。」

我這麼回應之後，禮奈自從彩華介入我們以來，第一次鬆懈了表情並揚起嘴角。

「別這樣說。」

最後禮奈用指尖輕輕碰了我的胸口，這才離開。

我沒辦法從前女友的側臉看出她究竟在想什麼。

◇◆

「你喝太多了啦。」

「……少裸唆～～」

我連嘴都使不上力，只能說出這麼沒勁的回應。

在派對結束之後的歸途上，電線杆的一旁。

我就蹲在感覺出來散步的狗會撒尿的地方。

我用像在居酒屋喝酒般的心情一杯接著一杯喝下肚之後，不知不覺間頭就暈到感覺像鐘擺一般搖來晃去。

這也理所當然。

吧檯端出的雞尾酒跟平常在居酒屋點的調酒相比，酒精濃度絕對高上許多。

我卻忘了只要是有去過酒吧的人都一定會知道的這個事實，喝了滿肚子雞尾酒。

彩華發現我的腳步已經搖搖晃晃的時候，為時已晚。

那時的我早已喝到醉昏頭了。

「就算我叫你別再喝了也不聽嘛。是你自作自受。」

「我可不記得妳有阻止我喔……唔！」

我強忍下想吐的衝動，好不容易才出言反駁。

「你只是喝醉了才會不記得吧。別讓我蒙羞好嗎？」

「……我做了什麼丟臉的事嗎？」

我試探著彩華的臉色，膽怯地問道。

雖然對自己的酒量有自信，但喝了這麼多，記憶也有點模糊。

但我還是想相信自己沒有給其他人帶來不悅——沒有做出那樣的言行。

要是做了，我會毫不猶豫地戒酒。

彩華瞇細了盯著我看的眼睛，最後搖了搖頭。

「別擔心啦。只是我一邊照顧你走到這裡來感覺很丟臉而已，你沒有給其他人帶來麻煩……應該吧。」

「為什麼話說到最後這麼沒有自信啊？」

「我只是想到對於在派對結束後想約我的那些人來說，應該困擾至極吧。」

「……我會好好反省。」

從彩華今天的打扮看來，就能察覺她是卯足了勁在參加這場情人節派對。

這場派對也算是提供了男女邂逅的場合，因此目的並不在於當場舉辦的那些活動。

促成在活動之後也能繼續聯絡的關係，才是第一個存在目的。

沒有多想就前往會場，還斬斷了那些聯繫的我，對彩華來說肯定是個大瘟神。

然而彩華還是溫柔地輕聲說道：

「你也真傻，我是開玩笑的。只是因為那裡也沒有比起照顧你，讓我覺得更重要的對象而已。」

「……妳真溫柔。」

「我只是賣你人情啊。以後會要你好好還清的。」

聽了這番很像彩華會說的話，我也笑了起來。

然而跟著湧上的不只是笑意而已。

「……我快吐了。」

「等等，你再忍耐一下！包包那些東西我全都幫你拿就是了，拜託你再努力一下！」

「……遵命。」

我搖搖晃晃地站起來之後，彩華就將我手上的所有東西都拿了過去。

一般來說，從這裡回到家不用五分鐘。

我卻花了一倍的時間才走完這段距離，好不容易回到自家所在的公寓。

老舊的樓梯每踩上一階就會吱嘎作響。

再加上今晚還是兩人份，發出比平常更令人討厭的聲音。

這時要是再加上一兩個人，感覺樓梯的底就會掉下去。

「這個樓梯感覺就像在對人說『妳很重』一樣，讓人真不爽。」

「怎麼可能輕嘛。」

「欸，如果是現在的你，我隨便就能推下去喔。你是明知這點還刻意這樣說嗎？」

「是酒說的，我可沒說。」

「那根本是罪犯的邏輯……」

踩上最後一階之後，彩華就把東西交還到我手上。

「記好這次人情嘍。改天用鬆餅償還吧。」

「好說好說，彩華大人。」

我隨口回應了之後，彩華留下一句「以後喝酒小心點喔」，便走下樓離開了。

我還以為她會進到家裡來，但彩華來我家的次數一隻手都數得完。

雖然有好幾次都在玄關跟她講話，但她意外地不會深入我的生活。

一邊想著這些事情，我就從宅配箱拿出鑰匙，插進鑰匙孔裡。

一打開門，迎接我的是明亮的電燈。

「什麼？」

我連忙關上門之後，就發現志乃原從走廊前方可以看見的房間裡走出來。

「啊，你回來啦，學長。」

「我回來了……不是啊！妳今天不是有約嗎？」

「那邊結束之後我就回來了！」

「天啊……我想睡到沒辦法吐嘈……」

「你很想睡嗎？辛苦了～」

志乃原很自在地躺在地毯上。

「咦？學長，你又喝醉了嗎？」

「……已經快吐了。」

一倒上床，感覺就像身體被壓了重物一樣，動彈不得。

今天發生了好多事。

參加了不習慣的派對，還跟禮奈重逢。

之所以會喝成這樣，是因為在跟禮奈的那段對話中，感覺到了某種難以言喻的東西。無法組織成言語說出口的那種心情令人靜不下來，想依賴酒精的力量掩飾過去的結果，就是落得這副德行。

接下來大概會有好一陣子動不了了。

這時，有股氣息朝著動也不動的我靠過來。

我拚死將臉轉了過去，只見志乃原的膝蓋跪在床上朝我探望過來，而且還露出竊笑。

「學長～你知道今天是什麼日子嗎？」

「……不知道。」

「正確答案是情人節！如何？今天對學長來說是個美好的一天嗎……呃，那些巧克力是怎樣，你竟然收到了好幾個巧克力，總覺得很令人火大耶。」

就算在這件事情上對我火大也沒用。我才想這麼說，卻因為濃濃的睡意讓我連開個口都覺得很痛苦，於是我閉上了眼睛。

「那麼，學長，我要回去了，巧克力就放在桌上喔。」

「……喔。」

我拚命撐住已經快要進入待機狀態的意識，想盡辦法做出回應。

等確認到志乃原回去之後，總之就先睡吧。

鑰匙就放在那邊，志乃原或許會顧慮我，幫我把門鎖上吧。

當我懷著這樣淡淡的期待，將被子拉到手邊，結果被猛地扯開。

我看了一眼，只見志乃原鼓著臉頰，正雙手扠腰站在面前。

「『喔』……是什麼意思啊！就算我也是想若無其事地給你巧克力，但那好歹是我花時間做的耶，你卻只有隨便應一聲是怎樣！」

「嗚嗚嗚，拜託讓我睡覺……」

「是是是，反正不管現在說什麼，感覺你也會因為喝醉的關係全部不記得！明天你可要向我鄭重道歉喔！笨蛋！學長這個大笨蛋！」

她說完之後，被子就從上蓋下來了。

已經開始產生不斷旋轉的錯覺的腦袋，拚命思考她說的巧克力是什麼意思，結果我奮力從床上跳了起來。

「情人節巧克力！」

「你、你突然間也太亢奮了。」

志乃原像是嚇到一樣不禁後退了幾步。

「不，謝謝妳。我真的很高興。並不是因為喝了酒才這麼亢奮，是真的很開心。」

雖然我也覺得自己可以這麼坦率地道謝，或許正成為喝了酒的證據，但這份感謝的心情還是沒有改變。

今天早上沒有收到志乃原給的巧克力那個當下，我就已經放棄了。

也有著這個事實，志乃原送的巧克力是今天讓我感到最開心的禮物。

「知、知道就好，給你。」

「喔，真的很謝謝妳。」

我加重了語氣這麼說了之後，志乃原便撇開視線。

「你、你到底是怎樣啦，討厭。是先讓人失落，再把人捧上天的天才嗎……」

原本鼓起的臉頰已經消去，不知道是不是錯覺，現在看起來似乎還有點泛紅。

我想著有把自己的心情傳達出去就好了，隨後便又躺了回去。而且這次感覺是真的再也起不來了。

「請你把被子蓋好啦，不然會感冒喔。」

被子包覆住沒有蓋到的部分。

原本帶著些許涼意的被子，也透過體溫漸漸變成舒適的溫度。

「謝啦……」

「晚安，學長。」

我已經沒有可以回應那道溫柔聲音的體力了。

聽見玄關傳來上鎖的聲音，我一邊覺得感謝，就沉沉睡去。

★第5話 聯繫

情人節派對之後已經過了一星期。

二月沒下剩幾天了。

但天氣感覺還是沒有要回溫的樣子，我依然離不開床鋪。

時針就快指向十點。

因為今天有事要去大學，差不多該起床了。

結果當我又跟床鋪嬉戲了十分鐘左右時，放在枕邊的智慧型手機就震動了起來。

我翻過了身，將手機拿到手上。

打開ＬＩＮＥ之後，只見未讀的對話欄跳到最上面來。

「……大家還真有精神。」

眼看聚集了高中朋友們的ＬＩＮＥ群組不斷跳出新訊息，我不禁這麼低喃。

現在明明還沒中午，通知就不斷增加。

就在不知道是第幾十件通知從上方跳出來的時間點，螢幕整個暗了下來。

是一如往常的來電通知。

當我猶豫了一下，最後還是接起的瞬間，就傳出有精神到讓人不覺得現在還是早上的招呼。

『學——長——！』

「吵死人了！」

『為什麼凶我！』

一早可以被可愛的學妹叫醒，對一個學長來說應該沒有其他比這更開心的事情了。

但現在的我比起這樣開心的心情，還比較想要好好享受早上的悠哉時光。

『學長～～請你對我再溫柔一點好嗎，我都送巧克力給你了耶。知道了嗎？來，學長，早上的招呼呢？』

「早安，再見。」

『等一下等一下，請你等一下！』

隔著電話傳來一聲大吼。

我不禁將手機遠離耳邊，並皺起了臉。

「反正妳絕對沒什麼重要的事情要說吧。」

『沒有啊。我也不是一大早就想聊很久才打電話給你的。只是去打工之前想跟你聊聊天而已嘛。』

志乃原那聽起來像在鬧彆扭的聲音，讓我產生了一點罪惡感。

對於只是想早上打個招呼的學妹，我反省著自己做出了幼稚的回應，便坐起上半身。

「喔，這樣啊。呃，抱歉啦。我也不是在嫌跟妳講電話很煩——」

『但我改變心意了。學長，我們來聊個一小時吧。』

「為什麼啊！」

『我的個性就是越被嫌棄就越窮追不捨啊！』

我都能想像得到鼓起臉的志乃原了。

就算只是在我的想像之中卻也一臉可愛的樣子，更是讓人莫名火大。

「好啦，那就折衷聊個五分鐘吧。」

『學長，你知道折衷是什麼意思嗎？照你那樣講，會變成我要求聊十分鐘耶。』

「那就十分鐘吧？」

『……就這樣放過你吧。』

聽到志乃原不甘不願地答應之後，我揚起了嘴角。

「這就是Door in the face啊。」

『Door……啊！你算計我！』

反過來將了她一軍。

雖然我之前也沒有因此受害就是了。

『可恨的傢伙……』

「這說法在日常生活中好久沒聽到了喔。好了，剩下九分鐘喔。」

『被你這樣一催，原本可以聊的話題都聊不下去了啦。學長，你現在在做什麼？』

「沒做什麼啊。想說等一下逛個社群網站，看看大家的近況。」

這麼一說，志乃原的聲音像是聽見了意料之外的回答。

『原來學長也會跟大家一樣，一早就看社群動態啊。』

「對啊，偶爾會看看吧。搞不好還會發現許久不見的朋友。」

實際上我也曾因為社群網站這個契機，和變得疏遠的朋友重新交流起來。

雖然並不是喜歡逛社群網站，但也確實有著它的優點。

志乃原似乎也曾有過類似的事情，她打馬虎眼地說著「你這麼說是也沒錯啦」。

『那也讓我追蹤一下學長的社群嘛。』

對於這個突如其來的要求，我閉上了才正要打呵欠而張開的嘴。

「為什麼會這樣接話啊？我平常沒什麼在發文喔。」

『因為因為，我們明明就像這樣在講電話，卻沒有追蹤彼此的社群，仔細想想不是很奇怪嗎？一般來說順序應該相反吧。』

「這……」

聽她這麼一說，或許是這樣沒錯。

少說也是認識了兩個多月的關係，卻只用ＬＩＮＥ在聯繫，就時下的學生來說很罕見。

至今都沒有聊到這件事，應該只是因為剛好錯過了時機點而已吧。

『還是說你的貼文不太方便被我看到？』

「不，沒這回事。我知道了啦。」

這麼說著，我就複製了自己的帳號。

我既沒有像是志乃原說的那種不太方便被人看到的貼文，就算告訴她也完全沒問題。反正我的帳號也沒有什麼值得隱瞞的東西。

把帳號傳過去之後，志乃原說著「哦！」並笑了。

『嘿嘿，謝謝學長。』

「呃，是沒關係啦。」

馬上就響起有人追蹤的通知。

確認了一下，發現大頭貼照是志乃原本人的背影。在夕陽的照射之下只有著剪影。

「根本是網紅風的大頭貼嘛。」

『當然啊，大頭貼可是象徵耶。大頭貼的照片得時尚一點才行。』

聽她這麼說，我盯著自己的大頭貼看。

然後就跟醜得很可愛的地方吉祥物對上了眼。

這麼說來，自從一次聚餐後興沖沖地換過大頭貼以來就沒改過了。

『……學長，你的大頭貼照還是換一下比較好喔。』

「不要，換掉感覺就輸了，我不要。」

原本是打算找一天換掉，但一被人說「換一下比較好」就不禁想要抗拒這件事。志乃原說著「算了，這也是學長的自由嘛」並嘆了一口氣。

「那我也把追蹤申請送出去了。妳再接受邀請吧。」

志乃原的帳號設定為非公開，若想看到她的貼文，就必須經過她本人確認才行。送出的申請如果沒被接受，就看不到她的貼文了。

以此為前提，我覺得自己只是說了非常普通的事，但她卻對我回上一句意料之外的話。

『咦？我才不要。』

「咦？」

『我不要啊。我想看學長的貼文，但我不想讓你看到我的貼文嘛。』

「為什麼啊？我都讓妳加我的帳號了，妳卻不加我的，哪有這種事啊。」

雖然也不是非常想了解志乃原帳號的貼文內容，但如此一來總覺得自己白白跟她說了，讓人很不爽。

『哎呀，就是會有這種事嘛。』

「那我要繼續睡了。」

『我加就是了嘛，你是怎樣啊！拜託不要動不動就想掛掉我的電話好嗎！』

……這傢伙對於電話的欲求到底是打哪來的？

明明等一下就要去打工了，真虧她在那之前還會想講電話。

換作是我，打工當天為了避免不要浪費太多體力，都只想窩在床上而已。

『真是的～～你能發誓不會取笑我嗎？』

「不會啦，不會。不然我宣誓一下好了？」

『不需要。已經沒什麼時間了。』

「為什麼妳要突然冷靜下來啊？」

看了一下時鐘，距離說好的時間確實已經一分一秒地逼近。

雖然我沒在計時，志乃原卻好像有在注意。這傢伙在奇怪的地方就是特別守規矩。

『好了，已經加你了！』

伴隨著這句像在演戲的回應，追蹤的申請獲得認可了。

這個瞬間，志乃原的貼文全都出現在我的畫面上。
第一個看到的就是用幽幽的表情醞釀出氣氛的志乃原特寫。
她的瀏海微微抓亂並燙出捲度，看起來比平常還要成熟許多。
這恐怕是在當髮模時的照片吧。
「真美呢。」
我不禁脫口說出這句話。
如果要說是美麗還是可愛，志乃原應該會被分到可愛的類型。
但光看這張照片，肯定是個美人型。
『……是、是沒錯啦。我很美嘛。』
「怎樣啦？」
『不是啦，我以為你會開我的玩笑……學長，你偶爾會像這樣說出坦率的話呢。平常不說，但偶爾會說的這點很加分喔。』
志乃原這樣的反應也讓我莫名害臊了起來。
那不是刻意說出口的話，或許在旁人看來就像是我在追她吧。
我為了掩飾這種害羞的感覺，看起志乃原的帳號資訊，這時發現了某件事情。
「妳追蹤的人也太少了吧？」

志乃原追蹤的只有八人。以一個閃亮亮的女大學生來說感覺實在有點少。

『因為我只告訴親近的人啊。追蹤者裡面的異性也只有學長而已喔。』

「是、是喔。」

限定給親近的人的帳號。

聽她這麼一說，我的視線完全就被顯示在畫面上的志乃原的貼文吸引過去了。

並不會因為對象是志乃原就不覺得怎麼樣。

無論對象是誰，能像這樣確實看到對自己投以好感的事實，都會覺得開心。

『十分鐘過去了！那我要準備去打工嘍！』

志乃原這麼說完立刻就掛上了電話。

這傢伙還是一樣來去都像一陣暴風。

我看了時鐘一眼，明明距離說好的時間還有大概三分鐘。

「……才過了七分鐘而已耶。」

這麼喃喃時，我發現自己的嘴角不知不覺揚起，就捏了捏臉頰。

我在志乃原的貼文按下「讚！」的按鈕之後，就把手機扔到了一旁。

◇◆志乃原side◇◆

因為打工而感到疲憊的身體，有時候就是會想攝取一些不健康的東西。
我在打工的休息時間來到附近的拉麵店，一邊吸著麵，心情也沉浸在悖德感當中。
「……好好吃。」
我心愛的豚骨拉麵。
雖然私底下很少吃這個，但現在可以告訴自己這是「給自己努力打工的獎勵」。
即使如此，平常只要一想到體重就會湧上心頭的瑣碎罪惡感，抑制了我的食慾。
「歡迎光臨──！」
店員大聲的招呼在店內回響。
吧檯區有六個座位，兩人座則有三個，雖然是一間小店，吃起來卻相當美味。
這間店在打工的地方也是受到大家歡迎。
我不經意地看了一下這間店在食評網站上的評價……
「三點二啊……」
並不算差，但畢竟是自己喜歡的店，還是希望可以再高一點。

我一心想著如果可以提高一點評價就好了，便拍下吃到一半的拉麵。

在只加親近的人的帳號裡，放上照片跟一句「這間店的拉麵超好吃喔！」就送出貼文。

食評網站上的評價就晚點再說。

「老闆，我要一碗醬油拉麵。」

坐在隔壁的客人這麼說著，將餐券遞給店員。

是一個年輕女生。

悄悄朝她瞥了一眼之後，發現她長得既可愛又給人沉穩的感覺。

這樣的女生竟然會自己一個人來到這間小拉麵店，真是罕見。

或許正因為是一間小店，女生就算自己一個人，也比較好踏進來就是了。

而且店裡除了我都沒有其他客人，想必可以更放鬆地踏進來。

當我心裡開心地想著自己是不是對這間店的業績有一點貢獻，放在桌上的智慧型手機就震動了起來。

畫面上顯示出「yuta hasegawa說你的貼文讚」。

——學長剛好在看動態啊。

這時手機又震了一下，第二次的通知就在畫面上顯示出來。

『yuta hasegawa：我有段時間也很常去那間拉麵店！推薦醬油拉麵☺』

看到通知之後，我不禁露出微笑。
只告訴我信任的人的社群帳號。
學長還是我第一個加的異性。

mayu☆shinohara　追蹤中240　粉絲3684
大一學生　#19
▽興趣　逛咖啡廳　▽特技　睡覺zzz

這是我對外的帳號。
為了偶爾可以接到髮模的工作而設立的帳號，以確保收入來源。
對於那些維持在普通關係就好的人，就會請他們加這個帳號。
我當然也想與人分享自己的日常，但那只要給真正要好的人看到就夠了。
但是，為人處世還是要跟大家多多交流。
所以只要像我這樣分成兩個帳號使用就會很方便。
一個是總之可以跟有在玩社群網站的朋友聯繫的帳號。
一個是只跟真正要好的人分享自己日常的帳號。

會做這種事的人也不只我，這也彰顯出大家花了許多精神在社群網站上。

——不過，這樣也不錯。

既然可以因為學長傳來的通知而這麼開心，那社群網站對我來說，至少就是一個有意義的管道。

我一邊想著這件事，就為了倒水而將手伸向水瓶。

但這個時機也跟隔壁的客人一樣。

「啊，不好意思。」

我連忙收回了手。

吧檯明明有六個座位，卻只有三個水瓶。

「不會，我才該向妳道歉。」

那個女生有點遲疑地拿起水瓶，就將水注入自己杯中。

當我正想接下水瓶時，她卻搖了搖頭。

「沒關係。」

「咦？謝謝妳。」

我遞出水杯，讓她替我倒水。

在小小一間拉麵店裡，只有兩個年輕女生。

畢竟是很難得的景象，搞不好也因此產生了另類的同伴情誼。

如果是這樣就很有趣了。雖然現在休息時間就快結束，卻讓我想跟她稍微聊一下。

但這也可能會讓她感到困擾，我就將這份心情收在心底了。

如果只是我一廂情願地以為有產生同伴情誼，感覺就只是在找人麻煩。

我才這麼想，沒想到旁邊的女生就主動向我搭話了。

「這間店很好吃吧。」

「咦？啊，對啊。很好吃。」

我嚇了一跳，聲音還變得有些僵硬。

或許是聽出這種感覺，那個女生露出了柔和的笑容。

「突然找妳說話真是抱歉。但像這樣整間店只有我們兩個差不多年紀的女生，總覺得很難得。」

這是我剛才也想過的事情。

從緊張感中解放開來之後，我揚起嘴角。

「就是說啊～～不但在吧檯還坐在隔壁，感覺會笑出來呢。」

「是啊。我有段時間沒來吃了，果然還是很好吃。」

這麼說的女生在吃的是醬油拉麵。

正是剛才學長推薦我的口味。

「醬油拉麵看起來也很好吃呢。剛剛我才被大學的學長推薦了醬油拉麵而已，正覺得非常在意。」

我這麼一說，那個女生停下了筷子。

「我之前也是被認識的人推薦才吃的。有段時間很常來這間店呢。」

那個女生露出了難以言喻的神情。

她本來就散發出不適合這間店的氛圍，現在看起來更是格格不入。

此時還在這間店的客人只有我真是太好了。

雖然看在旁人眼中，我應該也很不適合這間店吧。

「請問，妳應該是大學生吧？」

我向那個女生一問，她便點了點頭。

「嗯。我就念這附近的女子大學，二年級。」

「啊，比我還年長呢。我是一年級的學生。」

我這麼一說，那個女生就輕輕笑了。

「嗯，我也有這種感覺，所以聊到一半就不用敬語了。」

「啊哈哈，原來被發現了啊。」

我自然地笑了出來。

這個年長的女大學生也帶著讓人感到安心的氛圍，應該很受到年紀比較小的人親近吧。就連同性的我，都想跟這個人交朋友了。

對於年長的對象抱持這種心情的人，不論性別除了學長以外她是第二個。

雖然接受我這個人，卻完全不會對我做出太過深究的言行的羽瀨川學長。

最近對我來說，他是相處起來最舒坦的對象。

不但借我鑰匙，還交換了社群網站的帳號，也漸漸加深了彼此的關係（……我自己也覺得這兩件事的難易度差異很大）。

這樣的學長跟眼前這個女生給人的氛圍有點相近。

「我可以請問妳叫什麼名字嗎？」

「我？我是相坂禮奈。我也可以問妳叫什麼嗎？」

「我叫志乃原真由。就在這間拉麵店附近打工。」

「哦，我也有朋友在這一帶工作呢。」

「這樣啊！世界真小呢！」

告訴彼此名字之後，總覺得一口氣拉近了跟這個人之間的距離。

這就是關係從陌生人昇華到認識的人的瞬間。

偶爾會這樣感受到人際關係改變的瞬間，但現在讓人覺得格外明顯。

「而且，妳叫真由啊。真是可愛的名字呢。」

「禮奈也是個很美的名字喔。」

總覺得這樣的對話很可笑，我們一起笑了出來。

連我都覺得是個讓人覺得很不適合拉麵店的組合，但這樣神奇的聯繫，反而更加讓我感到開心。

「我下次也要點醬油拉麵來吃。畢竟值得信賴的學長也有推薦。」

「我下次也會點這個。因為是之前一起來的人推薦我的。」

禮奈對我露出溫柔的笑容之後，說著「哇，麵都要泡軟了」就連忙吃了起來。

看著她這個樣子，儘管我才是年紀比較小的人，還是不禁覺得莞爾。但這時手機又震動了起來。

這次不是來自學長的通知，而是打工那邊在找人了。

說是客人接連來，希望我可以早點結束休息時間。

「啊——……雖然很可惜，但我得走了。」

難得好像快要交到新朋友了，我的表情也不禁蒙上陰影。

可能是察覺到我的心情，禮奈笑著說：

「如果下次又在這間店巧遇的話，就交換聯絡方式吧？」

必須等到下次啊。我在內心稍微產生了這樣的想法……

「——好的！」

但我還是很有精神地給出回應，便離開了拉麵店。

認識新朋友時，情緒還是會覺得很高昂。

我懷著雀躍的心情點開了社群軟體。

在學長的貼文上按「讚」之後，便朝著打工的地方走去。

光是靠著現在這股心情，感覺就能撐過忙碌的打工。

第6話　準備旅行

掛完電話幾個小時之後，傳來志乃原按「讚」的通知。

我這才終於離開被窩，在大學裡的便利商店買東西。

一邊忍著呵欠，看著擺在收銀台旁邊的炸物菜單。

大學校地內的便利商店，特徵就是客群幾乎都是大學生跟教授。

那些大學生也幾乎都是跟自己念同一所大學的人，所以就算不認識，感覺也存在著一點無法目視的同伴意識。

就算是沒見過的人，恐怕也是同一所大學的夥伴。

這樣的推測肯定會多少放大了學生的膽量。

「啊，請你先排吧～～我還在等朋友。」

有個不認識的女生讓我先排隊結帳。

如果這裡是在校外的店就該更有禮地道謝，然而這裡是在學校裡面。

我只是簡短地說著「哦，謝謝」。

那個女生並沒有對我這番道謝有任何表示，就回到自己的朋友們身邊。

一群女生圍在陳列著點心的那一區喧鬧起來，但這間被學生占去大半的便利商店內總是這麼吵，也不會有人覺得特別在意。

我向店員點了兩份炸雞之後，避免妨礙到後面排隊的人，就先到角落等候。

我再次環視了四周，分明是春假期間，人卻很多。

大概也跟中午時間人潮容易聚集過來有關吧。

在這麼密集的一群學生當中，我看見一道朝我這邊鑽過來的身影。

披著那件眼熟灰色外套的人是彩華。

「嗨。真虧妳知道我在這裡。」

「你說在五號館二樓，我想大概就是這裡了吧。但拜託你下次明確說出自己的所在位置好嗎，這樣講也太籠統了吧。而且人又這麼多。」

「妳在外面等我也沒關係啊，我又沒說要約在便利商店。」

「說那什麼話，我都特地過來了。」

彩華露出有點不滿的表情。

我沒有多加理會就從店員手中接過兩份炸雞，並把其中一個遞給彩華。

「哇啊，原來是這樣呀。謝謝。」

接過炸物菜單中期間限定販售的炸雞之後，彩華馬上就露出了開心的表情。

走出便利商店就是二樓的大廳。

五號館的二樓大廳設有很多鬆軟舒適的椅子跟設計時尚的長椅，然而我的腳步沒有停留下來，繼續向前走去。

「走吧。」

「咦～～慢慢吃完再走嘛。」

「這東西也能邊走邊吃吧，走廊人比較少，又不會礙到別人。」

「不管，我就是要坐下來。」

彩華離開我身邊，走去隔著一張桌子擺了兩張椅子的地方。

我不得已地跟著過去之後，彩華就一臉滿足地咬下炸雞。

「嗯～～好好吃。對身體不好的東西真的都很好吃耶～～」

「……關於這點我也贊成。但妳應該沒忘記今天要做什麼吧？」

我幾乎不會在春假期間跑來大學。沒有同好會活動的時候，也沒什麼特別要跑這一趟的事情。

即使如此我今天還是來到大學，就是因為昨天彩華跟我說了一件事。

「要不要去旅行？如果透過大學的生協訂購行程會比較便宜，我們一起去看看吧！」

她說的生協，就是大學生活協會的簡稱。

簡單來說就是為了讓學生的生活可以更加充實，而給予一些協助的令人感恩的組織。

當然要先成為協會會員才能享有那些優惠，但大多學生在入學的時候就會加入。

我們今天就是打算來到位在大學校舍中的生協櫃檯，問問關於旅行費用優惠的事情。

「我知道啦。好像也有跟團的行程，等一下慢慢挑吧。」

「說要去旅行也是兩天一夜吧？有必要塞那麼多行程嗎？」

如果是兩天一夜的溫泉旅行，說真的我只想悠哉地窩在溫泉旅館裡。

盡可能想避免在疲憊不堪的時候抵達旅館，也沒能好好享受難得的旅館環境就睡著的事態。

「我也覺得在溫泉老街悠哉逛一逛就很滿足了，但要是有看到比起溫泉老街還更想去玩的跟團行程，也挺不錯的吧？」

「也是啦，如果是比溫泉老街還更吸引人的行程的話。」

「對吧。所以我們就多看看嘛。」

彩華揉掉原本裝著炸雞的紙就站了起來。

我也一口將剩下的炸雞吃掉，並跟上走向樓梯的彩華。

彩華直接走過有電梯的地方，開始爬起樓梯。

生協的櫃檯在五樓，一般來說都會想搭電梯上去。刻意選擇走樓梯，應該是出自多少想消耗掉一點吃完炸雞攝取到的熱量這種女人心吧。

要是講了感覺就會被揍，所以我也不會說出口就是了。

「畢竟是第一次跟你一起去旅行，希望可以玩得開心呢。」

樓梯上方傳來彩華的聲音。

「這麼說來的確是第一次呢。平常也沒什麼兩個人一起去旅行的機會嘛。」

「而且我們也沒跟彼此聊過『去旅行吧』這種事呢。」

這倒是。

高中的時候當然不會聊到這個，但上了大學之後，也從沒有聊過旅行的事。

就算認識得再久，就算跟她相處的時間密度再高……

我心中從來沒有想過要跟彩華一起去旅行。

這點對彩華來說恐怕也是一樣。

「這次要不是我有拿到旅館的折價券也不會約你嘛。要感謝的是折價券喔。」

「……也是呢。那間旅館一般來說住一晚要快五萬耶。一般學生出不太起這種價位，所以這點我確實覺得很感謝。」

雖然不知道她到底是怎麼拿到那張折價券的，至少這並不是隨便就能拿到的東西。

就像在大型百貨公司的活動抽中大獎的等級。
如果那種東西真的是人家給她的，那個對象究竟是怎樣的傢伙呢？
要不是彩華，我都會懷疑是男生獻殷勤奉上的了。
「真的再次體認到妳上大學之後交友圈很廣耶。」
彩華在高中的時候基本上也是朋友滿多的人，而且出名到連其他年級的人都聽過她的名字。
畢竟大學的學生比高中還要多，或許認識的人數也是不可同日而語。
我不禁思索起她明明現在就有著無論跟誰都能毫無芥蒂地聊天的能力，偏偏找我當旅伴的意義。
找我真的好嗎？
「你現在是不是想了什麼無聊的事情？」
彩華停下腳步，低頭朝我看了過來。
「……嗯，確實是想了有夠無聊的事。」
——這也沒關係吧。
就結果來說，我都已經決定要跟彩華去旅行了。
只不過是突然浮現了至今都不存在的選項，感到有些困惑而已。

人與人之間不可能一直保持著一定距離。

人際關係每一天都會或多或少產生細微的變動。

正因為那樣的變動是肉眼看不見的，所以才有趣，同時也令人害怕。

一直以來都以為是喜歡自己的女朋友，某天突然說要分手。

一問之下，才知道幾個月前戀愛的那種感情就已經淡掉——

這種經驗談已經不知道聽過多少次，人際關係就是如此難以捉摸。

所以，當事人可以採取的行動也很有限。

至於我跟彩華之間的關係——

我該採取的行動，自從那一天以來就沒有變過。

相信彼此，相伴而行——只是如此而已。

「欸，彩華。」

「嗯？」

但先不論這個，我想到了一件事。

現在重新體認到的事。

「……妳就算從下面看上去也是個大美人耶。」

「突、突然間說這個做什麼啊？」

彩華嚇了一跳，放在手把上的手都不禁滑了一下。

於是我看了一眼，超過了她。

「等、等一下！」

一路跑到五樓之後，難免都有點喘了。

彩華也在我身後氣喘吁吁。

「……真是的，不要突然跑起來啊。」

彩華的臉泛起了一片紅，這麼說著。

將手撐在大腿上的彩華，抬眼看著我並露出微笑。

她的雙頰會染著緋紅，一定只是因為跑上樓梯的關係而已。

◇◆

結果我們沒有參加團體的溫泉旅行，決定一整天都隨心所欲地度過。

畢竟光是溫泉老街跟旅館，就能享受到夠多體驗了。

人在一天當中可以做的事情有其上限，就算想做更多也不會有好事。

「都要去旅行了，不會想要奢侈一點嗎？」

「如果為了奢侈一點而耗費體力，到了最期待的時候卻已累癱的話不就本末倒置了。」

「……一群男生的話或許有可能呢。感覺就會玩到不知道克制。」

志乃原聽完我說的話之後，這麼回應道。

關於旅伴的事情，我沒對她說是彩華，而說是和高中時的幾個男性朋友一起去。

一開始跟她這樣說的時候，她用帶著有點憐憫的眼神看過來，所以之後我想找個機會解釋一下。

「妳管我。比起這個，妳今天為什麼也跑來我家啊？不是打工剛結束嗎？」

她早上打電話過來，現在則是晚上。應該至少上了八小時的班，不知為何志乃原還是跑來我家了。

「學長也真是討厭耶～你是認真這樣問的嗎？」

「怎樣啦。」

「當然是因為……我想見學長呀！」

「是喔。」

「好冷淡！」

沒有要理會附帶一個媚眼的玩笑話，我自顧自地從書櫃中拿了漫畫出來。

當我正要翻開喜歡的漫畫時，志乃原喊著「請你等一下！」阻止了我。

「怎樣？」

「呃……因為學長一看起漫畫就完全不會理我，所以我總之先阻止你再說。」

「這樣啊。」

我沒有搭理她，就開始翻閱了起來。

這部漫畫下星期就要出新的一集了。在那之前先複習一下內容，就能更加享受下一集的劇情。

至於那個內容是——

「……」

投過來的視線刺得我好痛。我瞄了一眼，只見志乃原瞪著我這邊。

「……好啦好啦。妳今天怎麼了嗎？」

我闔上漫畫之後這麼問道。

如果是平常的志乃原，發現我一看起漫畫就會隨興去做自己的事了。

正因為我們都很尊重彼此的個人時間，所以就算她時不時跑來我家，也不會倍感壓力。

說穿了，畢竟都是她在煮飯給我吃，站在我的立場來說，大多事情都應該要更加容許她才是。

「是在打工的時候發生什麼事了嗎？」

早上講電話的時候還一如往常。

若是遇到了什麼事，應該就是發生在打工期間了吧。

「學長，你好厲害。真的超厲害。」

志乃原誇張地拍起手來。

看她這副模樣，應該也不是什麼多嚴重的事情，但既然我都問出口了，要把話收回來也很難看。

我沉默地催促她回答之後，志乃原先是隔了一點時間才開口說：

「在打工的地方很要好的人離職了。」

「這樣啊。那還真是可惜。」

「對啊。不過，只是這樣就算了。」

志乃原一邊這麼說著，整個人就朝抱枕撲過去。

「我沒有那個人的聯絡方式。一想到可能一輩子都不會再見面，總覺得有點寂寞。」

「咦？你們不是很要好嗎？」

「總覺得反正最近都會在打工的地方見面，就算沒有聯絡方式也沒差……不過，啊～～一般來說就算是這樣也會交換聯絡方式對吧——」

我為什麼沒有交換啦……志乃原說著就在抱枕上鬧起脾氣。

我還以為志乃原這個人，一認識就會馬上交換聯絡方式了。
實際上我也是在第一天認識志乃原的時候就交換了聯絡方式。
「看來妳很中意那個人呢。」
一說出口，總覺得心情有點煩悶。
直到不久前，不管志乃原喜歡誰，我都不會產生這樣的心情。
一起相處久了就會產生這種弊害。
不過是日常間的閒聊就會產生這樣的情緒起伏，便是最佳證據了。
「對啊，不過中意人家這個說法很自以為是，我不喜歡耶。而且對象也不是男生嘛。」
「啊，指的是女生啊？」
……仔細想想，她從來沒有說那個打工的人究竟是男是女。
是我太武斷了啊。
「……啊，原來如此呀。」
志乃原露出竊笑。
那根本是我最近看過最壞的表情。
看來就算想遮掩自己太過武斷而造成的後果也已經太遲了。
「真是的，學長就是這麼可愛。事情才不是那樣呢！」

「少囉嗦，我沒有那個意思。只是如果妳在戀愛方面又失敗的話，常常跟妳待在一起的我身價也會跟著下跌啊。」

「天啊……那算什麼藉口……」

說出口之後我自已也產生了一樣的想法。剛才這句話跟之前彩華說過的一樣，看來這種話由不同的人說出口，效果也會跟著改變。

雖然什麼話都能說，但借鏡別人的發言終究還是會顯得膚淺。

「該怎麼說呢，你也再……就是……那個一點嘛！說些安慰我的好聽話啊！」

「妳到底想從我身上得到什麼啊……」

志乃原把抱枕往上拋去之後，又再次接住。

「心靈的安定劑吧？」

「把我當藥物啊。」

「這只是說法不同而已吧。要是我說只要跟學長待在同一個空間就能感到安心，總覺得就很加分不是嗎？」

「這種話直接對本人說出口就扣分了吧……」

不過，那樣聽起來確實不錯。

而且以我的個性來說，要是覺得討厭，打從一開始就不會讓她進到家裡來了。這點事情我自己也很明白。

「啊。」

隨著志乃原的視線看去，只見時針已經走過晚上十一點。

這個學妹總是會在我家待到這麼晚。

「我明天也要早起打工，先回去嘍。謝謝學長。」

「妳明天也要打工啊，體力真好……反正妳就別太消沉了，加油吧。」

打工時有沒有個性合拍的夥伴一起上班，對於時間流逝的體感完全不一樣。

我也多多少少能夠明白志乃原的心情。

「沒想到無法跟沒有交換到聯絡方式的人見面，會讓人覺得這麼不方便呢。」

「不過，現在這個時代無論跟誰都能聯繫起來嘛。」

現在就算跟沒有見過面的人也能交換聯絡方式了。

然而卻沒辦法聯絡上要好地共度過一段打工時光的人，或許會讓人覺得格外哀傷。

「學長，你——」

「我不會突然不見啦。好了，妳快回去吧。」

「……竟然瞬間就能察覺我想說的話跟我想聽到的回答，然後還若無其事地說出口……

學長真是可怕呢。」

志乃原用很刻意的口氣表達驚訝。

雖然她正在玄關前蹲下來穿靴子，我沒能看到她的表情就是了。

但總覺得可以想像到志乃原的表情。

「明天打工也要加油喔。」

我輕輕將手擺在志乃原的頭上。

抬眼看向我的志乃原，用跟平常不一樣的笑容給出回應：

「……好！」

大概就是這個笑容替我的日常點綴上了色彩。

雖然我不會說出口，但唯有這點錯不了。

◇◆

跟彩華的溫泉旅行定案之後，又過了幾天。

距離要出發的日子還有一個多星期。

畢竟還在放春假，總覺得時間就快到了。

坐在床上的我，單手拿著將溫泉老街的魅力介紹得淋漓盡致的觀光小冊子，一再交換交疊的腳。

我當然是滿心期待，同時內心某處也有種浮浮躁躁的感覺。

而且現實上最關鍵的溫泉得自己一個人泡。這趟旅行的重頭戲，應該就是在旅館吃豪華晚餐吧。

「……唔。」

這時我感覺到一股氣息，便從小冊子上頭移開了視線。

這個瞬間，頭髮掃過了我的鼻尖。

「唔喔！」

我的身體不禁往後仰去。但腳也跟著抬了起來，並絆到學妹。

「呀啊！」

結果志乃原就在我身上倒了下來。

從旁人看來，這構圖就像是志乃原推倒我一樣。一般來說應該相反吧。

而且有某種柔軟的東西包覆住我的臉，讓我馬上就想退開身體。

對於一個健全的男人來說，當然存在著想去確認那股甜美觸感的心情，但只要想到之後必須付出的代價，我就沒辦法付諸行動。

我想逃離這個狀況而抓住志乃原的腋下打算將她拉開，志乃原卻發出了奇怪的聲音。

「等等，學長……！」

平常不會聽見的聲音讓我不禁動搖，思考起接下來該採取什麼樣的行動。

該坦率地道歉，還是乾脆就豁出去呢？

或者該發脾氣？

——攻擊就是最強大的防禦。

想辦法離開志乃原之後，我雙手扠腰站起身來。

「妳幹嘛朝我這邊倒過來啊！」

「咦！學長你對我生氣？」

志乃原滾上床之後仰天大喊。

現在的志乃原穿著家居服，外出的衣服正掛在衣架上。

所以觸感才會那麼真實啊。我不禁搔抓了臉頰。

「呃，想默默偷看你的小冊子是我不對，所以你會生氣也是合情合理啦，但是……」

一邊這麼說著，志乃原輕輕撫上自己的胸部。

那恐怕是直到剛才還壓在我臉上的地方吧。

回想起那柔軟的觸感，我不禁小聲地說：「不，我也有不對啦。」

雖然會絆到她的腳真的是一場單純的意外，但志乃原也不是做出什麼該被責罵的事情。

而且志乃原比我想像中還更沒有生氣的跡象，所以我剛剛採取的行為只會變成是自己不成熟的行動。

「不過，待在一起偶爾也是會發生這種意外啦。大概。」

志乃原笑著這麼說。

從她本人感覺沒有多在意的反應看來，早知道我一開始坦率地道歉就好了。

不過事出突然，我沒辦法冷靜地做出判斷也無可厚非。

「所以說，你覺得怎麼樣啊？」

「什麼？」

「還有什麼，就是感想啊。怎麼樣？」

我一本正經地盯著志乃原的臉看。這是為了確認躺在眼前的學妹是不是腦子壞掉了。

結果志乃原在這時才第一次表現出動搖般撇開了視線。

「……請你別這樣盯著看。」

「妳害羞的點竟然是這個喔。」

「我才沒有害羞，只是覺得尷尬而已。」

「騙人。」

「沒有騙人。」

再這樣吵下去也不會有結果，所以我先暫時閉嘴。
這個學妹現在絕對害羞了，但是她害羞的點很有問題。
竟然還問我感想，她是不是沒有羞恥心啊？
「所以說，感想是什麼？」
「還好啦，還好。」
面對這種問題，會認真回答的人才有事吧。
我隨便應答了兩句，就坐回地板上。
「什麼，還好而已啊……這樣啊。」
「……喂。」
看著不知為何有些消沉的志乃原，我不禁咬了下唇。
這時要是回答「超讚的」絕對會被揶揄。
但即使如此，就算這是一場誰也沒有料想到的意外，摸到胸部之後的感想是「還好」的話，她或許也會感到受傷。
「……著實相當美好。」
用文縐縐的口吻是我最後的抵抗。
志乃原聽了之後便揚起嘴角。那還真的是非常燦爛的笑容。

「說得好，真是的，你就是這麼不坦率呢！」

「……妳一開始就是這樣打算的啊！」

「那當然，我才沒有便宜到可以白白就原諒你呢。至少也得收到一點稱讚，不然就划不來了。」

「是喔，這樣啊……」

見我疲憊不堪的樣子，志乃原困惑地歪過了頭。

「即使如此，一般男生絕對還是會很高興耶。」

……一如志乃原所說，我也無法否認多少有點賺到的感覺。

但我總不能將這種話說出口。

因為不會對她出手的信賴關係，正是撐起我跟志乃原這段奇妙共同生活的關鍵。

看樣子，不管怎麼說，我還是滿喜歡這樣的生活。

「肚子餓了耶。」

「那今天就煮麻婆豆腐吧。」

志乃原很乾脆地跟著轉移話題，並站起身來。

肚子餓了就會有可愛的學妹幫我準備美味的料理。一旦委身於這樣的環境，就會覺得任憑一時的衝動行事有點可惜。

看著志乃原在腰間綁起圍裙的背影，我再次認定了這個想法。

「要是被人盯著看，我做起事來也很不自在，所以拜託你跟平常一樣去看漫畫吧。」

「總是這樣麻煩妳呢。」

「我是自願這麼做的嘛。所以就請你準備Vivienne的戒指當作回禮吧。」

「妳這句話的前後文也太奇怪了。而且我也買不起那麼貴的東西。」

之前才剛送她一個昂貴的錢包而已，總之先駁回再說。

感謝一個人的心意不該是由金錢衡量。

……我也知道這種想法只是場面話，但還真希望她能顧慮一下獨自外宿的學生不夠深的口袋，並放我一馬。

「跟你開玩笑的啦。學長的口袋有多深，我可是瞭若指掌。」

志乃原一邊露出惡作劇般的笑，就捲起了衣袖。

她穿著圍裙站在廚房的身影，已經完全融入這個家了。

第7話　出發，溫泉旅行

溫泉旅館「嘉」就位在搭乘公路客運車程約兩個半小時的地方。

四周環山圍繞，因此鮮少有民宅，但溫泉老街一帶總是人來人往，很熱鬧的樣子。可見這裡的溫泉就是如此出名。

時節是氣溫開始回升的三月上旬。

今天是跟彩華一起去溫泉旅行的日子。

我們中午會合之後，現在正在客運上。一下子滑個智慧型手機，一下子閒聊幾句，悠悠哉哉地任憑時間流逝，所以體力還很充沛。

我們的計畫是下了客運之後就到旅館辦理入住手續，放完行李再去溫泉老街閒逛。

「就快到了喔。」

坐在隔壁的彩華，一邊望著窗外的景色這麼說道。

我也關掉手機遊戲，隔著彩華看向眼前的景色。

車子進到三岔路的右手邊之後，原本盡是山野的景色開始可以看見坐落四處的民宿或餐館，過了幾分鐘，刊登在觀光小冊子上的那片風景就原樣呈現在眼前。

「好有氣氛喔。」

我不禁這麼脫口之後，彩華的耳朵抖了一下。

「太、太近了。」

「啊，抱歉。」

太專注於觀賞眼前的景色，回過神來彩華的臉就近在我的眼睛鼻子之前。這不是一種比喻，而是真的靠這麼近。

我將探出的身子坐回到座位上之後，彩華便輕笑出聲。

「你都看到搞不清楚距離感了呢。」

「我自己也嚇了一跳，沒想到會看風景看到這麼入迷。」

在窗外景色流動的速度漸漸慢了下來，車內也響起即將抵達目的地的廣播。

古色古香的溫泉老街，對於沒有在鄉下住過的我來說，每一處看起來都很新鮮。閃耀著光輝的燈飾妝點之下，看起來又別有一番風情。

「到了。我們走吧。」

客運為了停下車子而緩緩前行，這時彩華先站了起來。

我們坐在最靠近下車處的第一排座位。只要早點站起來，應該就能最先下車才是。

「哇啊！」

然而就在我站起來的瞬間客運也停了下來，不禁就失去了平衡。我朝著窗邊踉蹌過去時，是彩華撐住了我的身體。

「小心點。」

「妳也太帥氣了……」

「什麼啊。」

為了重整姿勢而重新坐回座位之後，通道上已經排滿要下車的乘客了。

大家的目的地都一樣是溫泉老街。

有些是攜家帶眷，有些是老夫婦，各式各樣的人都排成一列。

畢竟溫泉老街上都是高級旅館，車上幾乎沒有看起來像是學生的人。不知道是不是因為這樣，下車的速度格外緩慢。

「錯過時機了呢。可能要晚點才能下車了。」

「也是。抱歉。」

「沒關係啦，錯在我太急了。而且在停車之前，本來就不能站起來嘛。」

彩華這麼說著也重新坐了回去。坐上可調節式座椅，適度的彈力傳了回來。

就算是隔著窗戶，也能看到溫泉老街人潮喧囂的光景。一間間感覺會在吉卜力作品裡出現的旅館一字排開，一想到現在就要去那裡，心中就湧上了期待。

「那邊的小情侶呀。你們先請吧。」

這時有人在通道上這麼說。

我跟彩華恐怕是同時回頭的吧。

只見一對老夫婦停下腳步，在通道上讓出了空間。

「是在說我們嗎？」

我這麼一問，彩華就拍打了一下我的肩膀。

「笨蛋，當然是啊。快點站起來。」

「喔，好。」

被催著站起身之後，我們就走到老夫婦前面。

眼前就是下車處了，總之我們走出客運之後，就在前方等著老夫婦下來。

走下車的是穿著一身高雅服飾的老夫婦。

「非常謝謝兩位。」

彩華禮貌地對他們低頭，我也跟著向他們道謝。

「謝謝兩位還特地停下來讓我們先走。」

聽我們這麼說，老婆婆咯咯笑了起來。

「不會啦，這沒什麼。是老爺爺說要先讓年輕情侶下車的嘛。」

「哎呀，回想起了年輕時候的事嘛。但也給後面的乘客添麻煩就是了。」

老爺爺穿著感覺很昂貴的西裝外套，一臉害臊地笑了。

我還在想要怎麼回應才好的時候，彩華先開口說：

「一抵達這裡就受到兩位照顧，真的非常開心。這個溫泉區真是個很棒的地方呢。」

彩華沒有否定情侶這件事情。

我對於這件事感到有些驚訝，但也能明白她的心情。

在這個當下說出「我們是朋友一起來玩而已」，若會承擔掃興的風險，不如照著他們的話聊下去，對雙方來講都很舒坦的對話才會成立。

聽彩華這麼說，老婆婆感覺很開心地點了點頭。

「就是說呀，我們已經來第四次了呢。這裡就像是把日本的優點都凝聚在一起一樣，是個相當豪華的地方喔。」

眼看老婆婆好像還想繼續講下去，老爺爺就露出了苦笑。

「老婆婆呀，可不能再繼續占去人家獨處的時間嘍。跟我們不一樣，年輕的時光可是相當寶貴。餘生不長的我們，可不能礙著兩人呢。」

「哎呀，我也是這麼打算啊。而且，我們的時間也很寶貴嘛。畢竟餘生不長了呢。」

聽了老婆婆的話，老爺爺笑著回應「這倒是」。

他們兩人之間，流淌著一段我無法想像的時光。看著他們的互動，就會讓我不禁這麼想。

接著，老夫婦就一起對我們點頭致意。

「那麼，盡情享受吧。祝你們幸福。」

「謝、謝謝兩位。」

我跟彩華也對他們點頭回應道。

老夫婦緩步走向旅館。

旅行的時候就是會有這種邂逅，這也是旅行的好處之一。一開始就遇到那對老夫婦，真是個好兆頭。

「如果可以變成那樣就好了。」

「……啊？」

從身旁傳來的這道低語，讓我不禁揚聲驚呼。

彩華露出像是說著「怎樣啦」的表情看我，之後才像是察覺到地紅了臉頰。

「不、不是，我才不是說跟你一起的意思！」

彩華難得表露出動搖。

只要看到有人比自己還要動搖就會冷靜下來，正是人類的天性。

聽到她這麼喃喃的瞬間，差點害我懷疑她沒有否定我們是情侶的原因，是不是跟我所想的理由不一樣。

但我還是裝作一臉若無其事的樣子，而那份懷疑也煙消雲散。

「我知道啦。」當我這麼說了之後，彩華便盯著我看。

雖然我真的就差點要誤會了，但面對現在感到動搖的彩華，我有自信不會被她發現。

志乃原是不是其實也像這樣在捉弄我啊？雖然沒辦法確認，但我總覺得就是這樣。

「怎樣啦，囂張什麼……」

彩華撇過頭，吸了一大口氣。

當她再次回頭面對我的時候，已經回到平時的表情了。

雖然，那應該也是裝出來的吧。光看她還泛紅的耳朵就知道了。

「好了，我們也走吧。」

「要是追上才剛道別的那對夫婦也滿尷尬的。我們還是在這邊慢慢逛一逛吧。」

「……嗯，這麼說也是。」

停下腳步，我抬頭仰望天空。

以春天來說，現在的天氣還有點涼意。

萬里無雲的晴空，就像在歡迎我們。

「天氣放晴真是太好了呢。」

我這麼一說，彩華也點了點頭。

「重頭戲在晚餐時間就是了。不過，也是呢。天氣放晴還是最棒的。」

彩華也跟著仰望天空。她覺得有些刺眼地瞇細了眼睛，讓我不禁覺得莞爾。

這時身後傳來客運發車的聲音。

將我們從都市載來這裡的客運，是這個奢華的空間與外界相連的唯一交通方式。

我們正處在遠離世間塵囂的地方。

這個事實讓我的心情昂揚了起來。

◇◆

旅館比我想像中的還要高雅好幾倍。

辦理入住的大廳是傳統日式建築的木造風格，同時也帶有西式的氛圍。

這個空間保持了和洋折衷的絕妙平衡，讓我跟彩華都不禁沉醉了好一陣子。

然後，說到我們住的客房更是——

「天啊，也太大了！」

兩個人住起來也太過寬敞了。

跟一般旅館一樣，榻榻米房間跟廣緣是分開的，但格局完全不同。

「休息的地方跟寢室是分開的呢……啊，重頭戲的露天溫泉在一樓啊。」

「……這間客房也太厲害了。」

我不禁發出感嘆。

這間客房是樓中樓。

一樓是泡澡的地方，二樓是寢室。畢竟溫泉就在客房裡，當然只有住在這間客房的人才能泡。

一樓有著寬敞的開放式陽台，設計成就算在客房內泡溫泉，也能一覽天際。

「這個房間簡直可以拿來當作外景地了呢。感覺也會有藝人之類的來住。」

我不禁說出直率的感想。

這讓我有點能明白會在旅行的地方拍照上傳社群網站的人的心情了。這確實會讓人想炫耀一番。

但會浮現這樣的想法，正是不適應這種地方的證據。儘管實際上就是不習慣，但要自己承認這件事總覺得也有點不爽，我就將幾乎要拿出口袋的智慧型手機收了回去。

走下樓梯之後，前方就是換衣間。

雖然現在隔開了看不到，但換衣間的前方就是整片露天溫泉了吧。

先走到換衣間的彩華，看起來像在看什麼文章的樣子。

我探頭過去看，她似乎是在確認露天溫泉的款式。

「哦，是用御影石……難怪這麼有高級感。」

「連我都有聽過耶。這是只會用在這種地方的石頭嗎？」

「誰知道啊。」

「那妳剛才是在喃喃什麼意思的……」

我傻眼地這麼說了之後，彩華快活地笑了起來。

「來到這種高級的地方，總之先用好像很懂的口氣講些欽佩的話就準沒錯了。」

「真的……準沒錯嗎？」

「你要是沒有吐嘈我，也不會露出馬腳啊。」

彩華噘起了嘴，就一腳踏進浴場當中。

房內是室內溫泉，戶外是露天溫泉。

這兩個空間專屬於住在這間客房的人。

室內溫泉的浴池裡雖然還沒注入溫泉，但看就知道寬敞到簡直可以游泳。

「一個人泡顯得太寬敞了呢。」

我這麼喃喃地說，彩華也表達同意。

「是啊。不過，可以一個人在這麼寬敞的地方泡溫泉，也是一種奢侈吧？」

「也是。一個人獨占溫泉也很難得。」

「就是說啊。會想在這麼寬敞的浴池正中央泡一次溫泉看看呢。」

那樣很有開放感，或許也不錯。

我回想起小時候在人很少的公共浴池裡游泳的事情。那時候還沒有顧慮他人的想法，但現在就不一樣了。原本以為一輩子再也沒機會做那種事，但如果是在這裡，就不會給任何人添麻煩。

「……你是不是在想些奇怪的事？」

「嗯，我想說可以在這裡游泳。」

我這麼坦言之後，彩華就露出退避三舍的表情。她的臉上就像寫了「你的腦子沒問題嗎？」一樣。

「想歸想，我不會真的那麼做喔。」

「不一定吧……你有時候也怪怪的。」

「這樣講也太失禮了！」

再怎麼說我也沒有幼稚到要在這麼高級的地方游泳。只是有點重返童心而已。

跟上走出室外的彩華，耀眼的陽光反射在露天溫泉上。

彩華伸展了身體並深呼吸。

「嗯～～好舒服喔。真的來對了呢。」

「來到這裡之後什麼事都還沒做吧。」

「你又說這種話。好歹配合我一下啊。」

彩華傻眼地又補上一句：「你這樣以後會很辛苦喔。」

配合對方的意見做出發言——在這個社會上，想要圓滑處世的話這就是必備的技能。這對學生來說也是一樣。

有些時候就算自己持否定意見，但表達肯定的話，就會得到較大的利益。人只要活著，一定會遇到很多次這樣的場面。

我覺得只要看穿各個重點做出言論，就能圓滑處世。而彩華做得到這點。

畢竟無論是誰，比起否定自己覺得有趣的事情的人，都會比較想跟同意的人在一起。

但是，那是建立在人與人之間真的變得要好之前的關係上。

「又沒差，我跟妳都什麼關係了。」

「我是也沒差啦……咦，那就真的沒差了嘛。反正今天也只有我們而已。」

「對吧。」

如果這裡還有除了彩華以外的別人在場，我也會多加顧慮才做出發言。但這並不代表我沒在顧慮彩華的想法。

然而就連跟彩華單獨相處的時候都不說真心話的話，我在什麼狀況下才能說真心話呢？

人活在世上，總要有個可以說真心話的對象。

對我來說，那個對象從高中到現在都從沒變過。

「那今天也輕鬆玩下去吧。」

「喔。」

彩華露出柔和的表情，回到室內。

我又眺望一次露天溫泉之後，也跟上彩華的腳步。

在進到室內的前一刻，一道柔和清風撫上了肌膚。

◇◆

春風吹拂之下枝葉颯颯作響，在耳中留下舒坦的回響。

周遭都能聽見踩響木屐的聲音。

木屐踩在石板路上的腳步聲，讓我這個年輕人也能感受到日本文化。

如果只是看到照片或影片，就沒辦法像這樣親身體驗這種氣氛了。

環顧四周，大馬路上聚集了許多客人的店家很是醒目。然而巷弄內也有難以判斷到底有沒有開門營業的餐廳，每走到一個地方就能看見不一樣的景色。

如同剛才的高級旅館，這個溫泉老街的氛圍可說是出類拔萃。

來到溫泉老街幾十分鐘後，彩華一邊看著擺在店面的懷舊面具，並開口說：

「我真的很喜歡這種氣氛耶。雖然也有年輕人在逛，但大家都很有禮貌。」

「我也同意。真的是這樣。」

無法否認這裡沒有將智慧型手機固定在自拍棒上揮來揮去的學生，也是令人開心的要素之一。

如果本來就是為了招攬年輕人的地方就算了，在這種溫泉老街並不適合那樣做。

「不過，我也能懂那種心情。畢竟只要上傳網路，就一定會得到回應嘛。」

彩華說了我剛才在旅館中抱持的相同感想，不禁苦笑。

不只是志乃原，彩華跟我也在某些地方的觀點很接近。說穿了，我也不覺得有辦法跟完全沒有共通觀點的人成為朋友就是了。

「那你呢？想拍照嗎？」

彩華捲起毛衣的袖子對我這麼問道。

空氣還有點涼意，但季節已是三月。出太陽的時候滿溫暖的。

「剛剛在旅館中，我也想了一樣的事情。可是在拍照之前就收手了。」

「是喔。拍一下客房內部也沒差吧。」

「嗯——但總覺得像是在炫耀，有點討厭吧？」

我這麼一說，彩華輕聲地笑了。

「如果是我，看到朋友去了這種地方，也會覺得自己有參與到，會很開心耶。」

「要是所有看到的人都是這種想法，那我也不用想這麼多，能更輕鬆分享了。」

畢竟平常不是很頻繁在上傳照片，不禁就會想太多。

如果像志乃原那樣，日常生活中就有在上傳的話，想必就算是像今天這樣的溫泉老街照片，看到的人也會抱持比較坦率的感想吧。

但像我這樣平常沒在貼文的人，只有這種時候發表，感覺別人就會產生各種看法。

將這樣的想法說出口之後，彩華這下子真的笑了出來。

「啊哈哈，你也想太多了！你就是偏偏在這種時候沒辦法客觀審視自己呢。」

「吵死了，不要管我啦。」

這句話聽起來就像在主張「我在鬧脾氣」一樣，感覺越來越丟臉了。

我完全搞不懂是哪個地方戳中彩華的點，只見她一直輕聲笑個不停。

等她終於笑累之後，彩華拍了拍我的上臂。

「你不用想那麼多啦，別擔心。不然你乾脆上傳在旅館中有拍到我的照片好了？」

「白痴啊，那樣才真的會出事好嗎？」

彩華的知名度在大學系內來說，已經可以算是個名人了。要是上傳跟她單獨在旅館內的照片引人遐想，可就真的會被大家嫌棄。

並不是我，而是彩華。

如果我們真的在交往倒是沒問題，但正因為並非如此，就會拉低彩華的品格。

對於知道彩華這個人真正一面的我來說是很奇怪，但她在學校裡給人一種美麗又優雅的形象。

彩華自己努力建立起的這個形象，我可不能去破壞。

「哪會啊，你才不會受到什麼打擊吧。會被抨擊的人可是我。」

「所以才不行啊。」

我不禁脫口的真心話，讓彩華眨了眨眼。

四目相交之後，彩華輕咳了兩聲。

「你在奇怪的地方就是想得太認真了⋯⋯難道是又想要像鑰匙包那樣的小東西了嗎？」

「想、想要！」

「這種時候反而該拒絕吧……」

彩華傻眼地嘆了一口氣。

她想聽到的是不是「我不是為了這樣才那麼說」之類的回答啊？

我為自己傻傻脫口說出真心話感到懊悔。

但這也無可厚非吧。

一起去買志乃原的生日禮物那天，在跟禮奈重逢的購物中心裡。

因為那個時候收到的鑰匙包，現在已經變成我的愛用品了。

◇

◆

感覺到吹來的風變冷，也代表到了日落的時間。

天空看起來有些昏暗，照射大地的陽光也成了淡淡的暖色。

漫步在這樣漸漸入夜的溫泉老街，我能感受到周遭投來的視線。

理由很明確，就是穿著浴衣的彩華。

白色的浴衣再搭上藍紫色和服外套的身影，在她身上穿起來好看到連我這個熟人都嚇了一跳。

綁成一束的頭髮插著髮簪，露出來的後頸散發出豔麗的氛圍。

「有換衣服真是太好了呢。穿著浴衣走在溫泉老街，心情竟然會這麼High。」

然而彩華本人完全不在乎周遭的視線，心情很好地踩響了木屐。

「你穿起來也很好看喔。」

彩華看了我一眼，對我這麼說。

我只回上一句「謝啦」，就撇開視線。現在的彩華對我來說太刺激了。

先說出想穿著浴衣逛溫泉老街的人是彩華。

應該是看到四周滿是穿著浴衣的人，才讓她有這個想法吧。

我們沒有自己帶浴衣來，不過基本上這種地方的旅館都有出借浴衣。

雖然很不想為了換浴衣特地回去，但彩華氣勢強到像是要把我拖走一般拉著我，我也只好屈服。

我不是很起勁地選了最基本款也最安全的深藍色浴衣，但再次踏上溫泉老街時，我也體會到了彩華的心情。

不過是換了件衣服，感覺就像和這個溫泉老街融為一體。

而且平常也沒什麼機會穿木屐，我在內心不禁想著有被彩華拉著跑真是太好了。

「別害羞、別害羞嘛。你穿起來真的很好看，我覺得挑得還不錯啊。」

「這款顏色超普通好嗎……妳的浴衣跟那個髮簪，我也覺得很好看。」

「啊哈哈，謝謝。總覺得被你稱讚反而會有點害羞呢。」

她那平常只覺得大剌剌的笑容，也因為換上了浴衣而顯得優雅，讓我的心跳莫名加快了起來。

我覺得再這樣下去會失常，便朝著伴手禮店走去。

「你要買什麼嗎？還是說，要買什麼給我？」

「我要買，而且也會買給妳。」

我拿在手上的，是剛才看到的懷舊面具。買下兩個顏色不同的狐狸面具之後，我遞了一個給彩華。

「這是怎樣？」

「這是面具。」

「呃，我看也知道。但為什麼？」

「因為會心跳加速。」

「什麼？」

彩華一臉搞不懂我在說什麼的表情，而我自顧自地戴上了狐狸面具。

「欸，同伴都戴上面具了，妳也要戴吧。」

走在身邊的人戴上狐狸面具，對沒戴的人來說恐怕會覺得害羞。應該會覺得不如跟著一起戴上狐狸面具。

「我知道了啦，真拿你沒轍……」

儘管感到困惑，彩華還是心有不甘情地戴上狐狸面具。桃色的狐狸面具跟淡紫色的外套很是相襯。

戴上狐狸面具走到店外之後，之前能感覺到的那種視線也少了很多。

而且四周也有些人會戴著面具，所以並不稀奇吧。

彩華或許並非自願要戴的，但對我來說這樣就不用顧慮四周，也不用顧慮彩華，正是一石二鳥的妙計。

「戴上面具雖然有點不太好呼吸，但久違地這樣戴總覺得很High呢。不能像小時候那樣戴著四處跑倒是有點可惜。」

沒想到她還滿喜歡的。

彩華就這樣戴著狐狸面具，進到另一間店物色伴手禮了。

這或許是一石三鳥。

「……好難受。」

我受不了這種難以呼吸的感覺，暫時拿下了狐狸面具。

明明說要戴面具的人是我，這還真是丟臉。

「嗯？」

忽然間，總覺得四周人群的視線都集中到一個地方，於是我也跟著看了過去。

但沒辦法仔細確認大家是在看什麼，我稍微靠上前去。

結果答案就在眼前。

在大家視線的前方，有個穿著紅色浴衣的女生。

她特別可愛的外貌，也因為穿著浴衣營造出一點性感。

路上的行人會紛紛回頭也無可厚非。

但是，比起這種事情有個更重要的問題。

「——咦，學長？」

那個女生正是小惡魔般的學妹。

◇◆

「真巧呢，學長！」

志乃原揮著手，小跑步來到我身邊。

四周的人都只是莞爾地看著這副光景就走了過去。

這個狀況若是發生在大學，肯定會招來比較多嫉妒的眼光，真不愧是溫泉老街。

或許在大多是一家人及大人情侶的這個地方，會抱持那種想法的人比較少。

——但比起這點……

「什麼巧不巧啊，妳這傢伙……」

我回想起聖誕節舉辦的那場聯誼，她也是一臉這樣的表情衝了進來。

一想到在那之後過了好幾個月就覺得感慨很深，但現在重要的是得趕緊把志乃原帶離開這個地方。

她現在人在這裡的原因等一下再問也沒關係。

「妳過來一下。」

「哇！」

我抓住她的手，朝著與彩華進入的店家相反的方向走去。

要是讓她們兩人碰面就糟了。我可不想一個人愣在彼此都不知道要做何反應的現場。

走了幾十秒之後，我們來到從原本的那條路上看不見，而且行人也少的巷弄內。

不可靠的黃昏餘暉也被隔絕開來。

「學、學長，你竟然不由分說就把我帶來這種沒有人的地方……」

「少囉嗦，妳為什麼會跑來這裡？」

不理會她裝可愛的發言，結果惹來志乃原的一臉不滿。

「我不就說了是巧遇，真的是巧遇啊。」

「這麼說來，妳之前看到我的觀光小冊子了對吧。原來是這樣啊。」

一星期前，志乃原跑來偷看我正在看的觀光小冊子。從那個時機看來，志乃原會出現在這裡的原因，十之八九就是看到了那份小冊子的內容吧。

「是沒錯啦。因為小冊子上刊載的這個溫泉老街，感覺就很棒啊。」

「我就知道。真是的，妳想來就說一聲啊。」

我不禁嘆一口氣，志乃原則是愣了一下。

接著就說著「不不不」並搖了搖頭。

「不是啊。今天會碰到面真的是偶然啦。我是和別人一起來的啊。」

「咦？」

我發出了傻呼呼的聲音。

志乃原的表情看起來真的沒有在說謊，於是我先做了一次深呼吸。

「為什麼要做深呼吸？」

「妳管我。不，妳等一下。」

……仔細想想，雖然光看小冊子可以知道地點，但她不知道我是哪一天要來玩。

我並沒有把這趟旅遊的日期跟時間告訴志乃原，所以她今天會出現在這裡，或許真的只是出自巧合。

如此一來，我剛才說的那些話就會顯得很愚蠢。

「……我太不冷靜了，抱歉。」

看來真的是巧遇。

做出這個結論之後，我便向她道歉。

「不過，我也是有想過如果能在這裡遇到學長就好玩了。沒想到還真的遇到，這就是那個了吧，命中注定的紅線！」

「是是是，謝謝妳喔。」

「討厭，為什麼要隨便敷衍啦！」

志乃原鼓起臉說得憤憤不平。

就算對她這句話做出回應，感覺也只會被回以微妙的表情，我還是強忍下想說出口的衝動。

「所以說，志乃原妳是跟誰一起來？」

「哦，真是個好問題。我才在想你要是沒有這樣問該怎麼處置才好。」
「天啊，我會被殺嗎？」
「頂多只會是社會性抹殺而已啦～」
「那不正是最可怕的！」
志乃原咯咯笑了起來。
看她說得很輕鬆的樣子，恐怕是跟系上的朋友之類一起來的吧。
「噗噗～」
志乃原像是看透我的心思，伸出兩手的食指交叉抵在嘴巴前。
「正確答案是跟打工的同事！」
「真虧妳知道我在想什麼……」
雖然只跟她相處了幾個月，但密度很高。
就連平常是自己一個人度過的日子，現在志乃原會泡在我家也已經成了理所當然。
或許到了差不多可以察覺彼此在想什麼的時期了。
「之前說在打工的地方很要好的那個人，妳知道對方的聯絡方式啦。太好了。」
「哦哦，我只是說打工的同事，你竟然就能會意過來啊。總覺得從剛才開始就很心有靈犀呢。」

志乃原幾天前才因為不知道打工地方交到的朋友的聯絡方式，而感到消沉。這點小事就算猜得出來也不奇怪，但這樣說出口就太不識趣了，所以我只是說著「對啊」並點了點頭。

志乃原也很滿足地猛點著頭，開心地說：

「當她來打工的地方還制服的時候被我碰巧遇到了。我最近真的很幸運呢。甚至都想分點好運給學長了。」

「妳要將這份恩惠分給我是很感激啦，但既然是這樣，妳是不是差不多該回去跟人家會合了？」

現在彩華搞不好也正在找我。

幸好現在就快到晚上了，只要進到旅館內就不會再遇到她，早點在這裡跟她道別才是聰明的判斷。

「是學長把我帶到這種地方來的就是了呢。」

……完全無法反駁。

輪不到因為太過武斷就直接把人帶過來的傢伙說這種話吧，我不禁搔了搔頭。

「抱歉。也代我向妳打工的朋友道歉吧。」

「好啦。那就在這裡解散吧？」

「咦？」

我再次發出傻呼呼的聲音。

之前我是跟志乃原說自己和一群男性朋友來溫泉旅行。

因此我很怕她會像同好會活動那樣，硬是想要跑來我的交友圈。

志乃原應該是透過我的表情察覺到了什麼，並露出苦笑。

「你以為我是個什麼樣的人啊？我才不會硬是跑去打擾學長的交友圈呢。畢竟跟同好會不一樣，今天真的是私人行程嘛。」

「哦哦，真難得……」

我不禁脫口的這句話，讓志乃原噘起了嘴。

「一點也不難得好嗎，我平常就是這樣！……大概！」

「為什麼講得這麼沒自信啊？」

看著學妹瞬間修正了自己說的話，我不禁笑了出來。這傢伙的心情起伏還真大。

就連細微的情感起伏都會忠實表現出來的學妹，跟她聊天都不會覺得無聊。

「因為常識這種東西，在每個人心中的認知都不太一樣嘛。所以才沒辦法斷言啊。」

應該是想起自己老是泡在我家的事，志乃原如此低喃。

但那才真的是杞人憂天了。

對於獨自外宿的學生來說，當然是十分渴望一個可以幫自己做家事的人。

「但相對的，妳會幫我做飯吧。沒問題啦。」

我這麼一說，志乃原的眼睛都亮了起來。

「這樣啊，既然學長本人都這麼說了，我也不用顧慮太多嘛！」

……雖然這個結論沒有錯，但為什麼當她轉瞬間做出判斷時會害我不禁想要否定呢？

我聳了聳肩，便說了「那就解散吧」。

結果志乃原皺起了眉。

「就這樣解散是沒差啦。可是學長，等一下。」

「嗯？」

「……我一直在等你說耶。」

我愣了一愣，志乃原就用小包包撞向我的大腿。

「浴衣啦！到底是要多無感啊！」

「啊！」

美麗的容貌跟華美的浴衣搭配起來，一開始確實讓人覺得眩目，但中途開始就不是顧及這種事情的時候了。

我這下子才終於盯著志乃原看。

「……如何？」

志乃原微微抬起了眼等著我的反應。

我不禁撇過頭，說出了感想。

「……很漂亮。」

「啊哈哈。你這麼不會掩飾害羞的樣子啊。」

志乃原用手抵在嘴邊笑了。

我並不是不擅長稱讚別人。

但像這樣被鄭重其事地要求稱讚，會覺得很害羞也無可厚非吧。

「那麼學長，我走嘍。」

「喔。」

聽了我的回應，志乃原在嘴邊勾起了笑作為回答，就很有精神地踩著木屐朝著大馬路小跑步回去。

目送她變得越來越小的身影，我不禁靠上牆壁。

牆上沒有什麼明顯的髒汙，應該不會弄髒浴衣才是。

……這麼說來，我也穿著浴衣，卻什麼都沒聽她說。

「竟然只叫我說感想……」

雖然也不是多想聽到她的感想，但只讓自己說感想的事實總讓我有點不爽。

我憤恨地看著越來越小的背影。

結果看到志乃原的紅色浴衣身影，跟一道戴著狐狸面具的浴衣身影交錯而去，我像是跳起來一般恢復了姿勢。

「……真是千鈞一髮啊。」

穿著紅色浴衣的人沒有發現狐狸面具底下的人，就這麼離去。

戴著狐狸面具穿著浴衣的人，似乎在轉瞬間被那道背影勾去了視線，但她的表情被藏在狐狸面具底下，也無從確認。

最後，戴著狐狸面具的彩華靠到我身邊來說道：

「──你是不是運氣很差啊？」

這麼說著並拿下狐狸面具的彩華，一臉早就放棄的樣子。

我也苦笑著說「大概吧」並點點頭。

志乃原才剛分幸運給我而已，只好等待起效用的時候到來了。

我跟彩華再次戴回狐狸面具，並邁步朝旅館走回去。

在狹窄的視線中，看得見燈籠的火光一點一點亮起。

◇◆

「那我先去泡個澡吧。」

回到旅館之後過了幾十分鐘。

彩華將吃完的茶點包裝袋揉成一團這麼說。

「喔，去吧去吧。」

我一邊伸手拿起第三個茶點一邊回應她。

一點一點喝著熱茶並配著茶點，是在溫泉旅館可以享受到的幸福片刻。

看我嚼著茶點的樣子，彩華聳了聳肩。

「你會不會吃太多啦？在飯前吃那麼多，等一下你就吃不下了。」

「沒差啦，泡溫泉也會流汗消耗熱量啊。而且妳自己也吃得很開心吧。」

雖然知道等一下就會有晚餐端來房間，但高級旅館的茶點也是一流的。完全停不下去拿來吃的手。

「我是為了健康著想才吃的好嗎？泡溫泉之前要先吃點東西比較好。」

「咦？但我怎麼記得是吃完東西不要立刻泡澡比較好啊？」

隱約記得在談論健康的節目上有聽過這種事。

就算完全不記得是在哪裡聽到的，不知不覺間就會作為知識吸收，這種情況也很常見。

對於我提出這個曖昧不清的疑問，彩華大大地搖了頭。

「那是指吃飽的狀況下。不過是一個茶點，稍微讓血糖上升一些，也能幫忙守護身體的安全。」

「說什麼身體的安全，我們還年輕吧。」

「你不知道嗎？現在發生在泡澡時的死亡意外，比車禍還多喔。」

「……泡澡好可怕。」

已經是每天習慣性一環的泡澡竟然有著這麼大的風險，聽了實在難以置信。

而且今天是來溫泉旅行的，可不能有個遭遇這種事情的萬一。

「那我要再多吃幾個點心。」

「等等，我不就說不能吃太多嗎？一個就夠了！」

這麼說著，彩華從我手中把茶點拿走。

浴衣的袖子還掃過了我的鼻頭。

「喂！不是為了健康著想嗎！」

「我不是說一個就夠了，你要是這麼擔心，不然我就看著你泡澡啊！」

「妳在說什——」

原本還想逞口舌之快說下去，卻不禁屏息。

這傢伙真的是在說什麼啊？

見我答不上來的樣子，彩華嘆了一口氣。

「我當然是開玩笑的。」

「……什麼嘛，害我嚇了一大跳！」

「會當真的人才比較奇怪吧。」

「唔！」

……不過，確實如她所說。

或許是來到高級溫泉旅館的這種昂揚感，讓我把平常就會說的玩笑話當真了。

這真是個對心臟不好的玩笑話，我露出了苦笑。

「也是，冷靜想想就知道不可能嘛。總之，妳先去好好享受溫泉吧。」

這句話也讓彩華笑著說「那當然」，並走下了樓梯。

我一邊撐著臉頰，聽著漸漸走遠的腳步聲。

一樓有個專門給住在這間房的客人專用的室內溫泉跟露天溫泉。

而室內溫泉跟露天溫泉之間隔了一扇門。

——說真的。

如果我跟著彩華一起去泡澡，只是進到另一個浴池——我無法否認腦中也有閃過這般身為男人當然會抱持的欲望。

畢竟，這不完全是混浴。

既然都兩個人來溫泉旅行了，或許可以這麼做吧。就是這種淡淡的幻想。

「——！」

我一口氣喝掉還在冒煙的茶。喉嚨產生像被燙傷的疼痛感，相對的也揮去了邪念。

如果換作是沒有那麼了解彩華的一般男人。

就算沒有在交往，光是兩人單獨去溫泉旅行這個事實，或許就會被當作容許做「那種事」的判斷基準。

實際上也有些情侶是先安排好旅行之類的行程，共度一夜之後才開始交往。

但我們既不是情侶，以後應該也沒有要交往。

包括藤堂在內，有很多朋友都會來問我跟彩華之間的關係。

這正是大家都覺得我跟彩華保持在好像會交往，卻又沒有交往的微妙距離的證據。

受到周遭這樣的關注，讓我覺得彆扭的經驗不下一兩次。

但無論周遭的人怎麼想，我還是相當喜歡跟彩華之間這樣的關係。

我絕對不希望這段關係崩壞。

我是這麼想的，而且我也認為彩華應該抱持一樣的想法。

「……但這個狀況……」

這句話不禁脫口而出。

認識到現在，這還是第一次兩人單獨旅行。

我不太知道彩華是抱持什麼想法約我的。冷靜下來回想，彩華很輕鬆地約我，而我也沒有多想就答應了。

或許多思考一下再給出答覆比較好。

彩華出自對我的信賴才這麼約我，說真的讓我很開心，但那傢伙誤會了一件事。

我跟彩華確實是摯友。

——但就算是摯友——

我回想起直到剛才彩華穿著浴衣的身影。

不但穿起來很優雅，露出來的後頸還飄散出豔麗的氛圍。

我不可能完全沒有感覺。

跟志乃原不相上下的美人就近在眼前，要我什麼都別亂想才比較困難。

我不知道這樣的想法算不算背叛了彩華對我的信賴。這是彩華要做出的判斷，我個人的心情無法介入其中。

彩華若是知道我抱持這樣的想法，她會怎麼想呢？
但這也是不到那個時候不會知道的事情。
結果人的心情，不管是什麼都無法超出想像的領域。
我為了擺脫心中這種煩悶的感覺，再次將熱茶注入喝光的茶杯之中。
當中的茶柱無法抵抗我注入的熱茶，漸漸向下沉去。
我一邊看著搖擺的茶柱，回想起過去。

高中時的美濃彩華。
我跟彩華相遇的那個青澀的春日。

第8話　美濃彩華

——那傢伙一臉憂鬱地從窗戶探出了身體。

高中二年級時。

在二年C班放學後的教室裡。

本來應該是沒有人在的，一片橙紅斜陽的教室裡，有道佇足的人影盪漾。

雖然不知道在那視線的前方有著什麼，我還是不禁開口：

「妳在看什麼？」

瘦小的肩膀震了一下，那傢伙回過頭來。

銳利的眼神讓我不禁當場停下腳步。

「幹嘛？」

只有兩個字的這句話，明確帶著不希望我再繼續靠近的意思。

我聳了聳肩，在一旁的桌子上坐下。

「我們是高一就同班的夥伴吧。不要這麼無情啊。」

「……就算你在換班隔天說是夥伴，我也沒什麼感覺呢。而且高一的時候，我也不記得有跟你聊過什麼。」

不知道是看我沒再繼續靠上前去，還是看到我的臉回想起我這個人了，那傢伙多少鬆懈了警戒心，再次眺望著窗外。

——美濃彩華。

這個女學生是在這所高中呼聲最高的第一美女。

但實際上像這樣目睹之後，會覺得光是她的背影就散發出難以靠近的氛圍。

「一般來說，連續同班的當下多少就會比較要好了吧。」

我只說上這麼一句話，就從書包裡拿出最近請父母買給我的智慧型手機。

基本上在學校裡是禁止使用的，但如果是放學後，老師也不會顧及這麼多。

「……你到這間教室來要做什麼？」

她的話聲聽起來就像在說「可以的話拜託快點離開」，讓我差點就要笑了出來。

美濃彩華確實是個美人，也很受歡迎。

但與此同時，她的個性有點難搞也是眾所皆知。

「我今天是值日生。我最後必須幫教室鎖門。如果美濃同學不離開，我也不能走。」

這句話一半是真的，一半是謊言。
既是值日生，也被交付要鎖門確實是真的，但這件事就算交給別人做，也不會被譴責。
所以只要我把鑰匙交給人在這裡的美濃彩華，就能毫無窒礙地回去參加社團活動了。
我之所以沒這麼做，是因為想跟傳說中的美濃彩華聊聊。
這傢伙身邊總是會有其他人在，自從我上高中以來，還是第一次像這樣跟她兩人獨處。
「是喔。給你添麻煩了呢。」
「妳沒打算離開是吧。」
我輕聲笑了笑，就併起了兩張桌子，躺了下來。
美濃彩華瞇細了眼盯著我這副模樣看。
「不用擔心，這是我朋友的桌子。」
「……那還像樣點。」
我沒有再給她回應，就在剛買的手機上接連安裝了幾個新的應用程式。
美濃彩華似乎也對這樣的我完全失去了興趣，將手肘抵上窗邊。
——美濃彩華的性格有缺陷。
這樣的謠言究竟是從什麼時候開始流傳的呢？或許是在一年級有個不得了的美人這個謠言傳開之後，過了幾個月之後的事。

確實像這樣實際跟她聊過之後，從她口中說出來的話，跟她美麗的容貌給人的印象有點反差。

但那絕不是令人感到不開心的類型。她應該是打從一開始就用原本的個性在跟人講話，既然知道了這點，我也不用再有多餘的顧慮。

雖然不知道這個謠言是從哪裡傳開的，但光是長得漂亮就會產生這樣的謠言，看來美人也不是都只有好處而已。

「美濃同學，妳的個性很差勁嗎？」

對於我這個太過直接的問題，美濃彩華沒有回過頭便對我答道：

「這點事情你自己決定好嗎？」

「……妳說的是。」

光是這一句話，我就決定忘掉所有跟美濃彩華有關的謠傳。

自己看見的，還有感受到的，就是全部。

若不這樣想，我直覺再也不會有跟眼前的美濃彩華講話的機會。

在那之後過了幾十分鐘，我跟美濃彩華幾乎沒有對話，就這麼共度了放學後的時光。

雖然早就超過籃球社的練習時間，但今天是戶外練習的日子。

別說是罪惡感，我甚至覺得可以當成蹺掉以累死人的跑步訓練為主的戶外練習的藉口，真是太棒了，與此同時繼續努力玩拼圖遊戲。

「你是羽瀨川同學對吧。」

「嗯？」

她突然叫了我的姓氏，我便撐起身體。

美濃彩華拉上窗簾盯著我看，最後才開口說：

「我今天被人告白了。」

「哦。不過，這也不是多稀奇的事情吧？」

美濃彩華最近進入桃花期的事情，在校內很出名。像是高一的最後一天，她似乎同時被三個感情要好的男性朋友告白。

而他們同時被甩的事蹟，開學典禮的空閒時間就在學生們之間傳得沸沸揚揚。

關於那段事蹟的謠傳，好像無論真偽都被傳得滿天飛。

「……你不會開我玩笑啊。」

「呃，為什麼要開妳玩笑啊？我們又沒有多要好。」

「真討厭耶，不要這麼愛記恨啊。我們是連續兩年都同班的夥伴吧。」

「都給妳說啦！」

我這麼大聲吐嘈之後，美濃彩華隔了一小段時間，便輕笑出聲。

「嗯，羽瀨川同學的這種感覺很棒呢。」

從窗簾的縫隙間滿溢出來的夕陽，在美濃彩華的背後燦燦地發光。

輕輕敲了我的肩膀之後，美濃彩華說：

「從今以後請多指教嘍。」

這恐怕是隨處都能聽見的，極為普通的招呼。

可以幫助加深關係的一句普遍的話。

正因如此，我才更能切實感受到。

——她的聲音聽起來好悲傷。

我不知道她發生過什麼事。

畢竟我還沒什麼機會跟她說上話，也問不出口。

即使如此，我目送著美濃彩華走出教室，不禁這麼想了。

無關乎她在學校裡的人氣及評價，我單純這麼想了。

我想更加了解美濃彩華這個人。

一個人想要了解另一個人的動機，不需要有著明確的理由。

需要的只有當事人是怎麼想的，這一點而已。

我那個時候，就是對美濃彩華產生了興趣。

僅此而已。

聽見窗外傳來籃球社訓練時的呼聲，我也被催著離開了教室。

◇◆

——我跟美濃彩華變成朋友了。

就算被別人問起契機是什麼，我也只能回答就是從那個無心插柳的放學後開始的。

可以確定的是，並沒有什麼戲劇化的發展。

日子一天天過去，不知不覺間身邊的人對我的認知定位在「跟美濃彩華很好的籃球社員」。

在跟她成為朋友之前，大家應該只覺得我是個「籃球社的男生」而已，說起來也算是有些進步。

就連沒有說過話的學生都知道我這個人，感覺實在很奇妙。

如果是因為有在籃球社留下輝煌的成績之類的理由，我還會覺得很自豪，但現在只是因為跟很受歡迎的女學生成為朋友而已。

雖然不知道該不該為此開心，即使如此，也不會覺得討厭就是了。

「我被人告白了。」

高二夏天的午休時間。美濃又這樣跟我報告了。

不知為何，每次她這樣對我報告的時候，表情都有點難看。

「是喔。很厲害啊。」

我什麼也沒有思考就這麼說，結果美濃嘆了一口氣。

「才不厲害。羽瀨川，你想想看如果自己被朋友告白，會是怎樣的心情啊？」

聽她這麼說，我就閉上眼睛想了一下。

腦中浮現的是籃球社的女社員朋友，一想像被她告白，心情多少也昂揚了起來。

「我會覺得滿高興的耶。」

「是喔。真蠢呢。」

「蠢是怎樣啦！」

一氣之下，我將送到嘴邊的煎蛋捲先放回便當裡。

美濃一點也不在乎地將春捲送入口中。

——我跟美濃會在午休時間到中庭的長椅上一起吃午餐。

通常美濃的女性朋友們，或是男性朋友們都會一起吃，但偶爾也會有像這樣只有我們兩人的時候。

而她總是會在只有我們兩人的時候，向我報告她被告白的事情。

或許那次在放學後的時間就成了遠因吧。

不過受她信賴的感覺還不錯。

美濃無論對待誰，都不會改變自己的態度，也深受朋友信賴。

無論其他陌生人傳了什麼樣的謠言，美濃都是率直地秉持自己的意見，不會妥協。

正因為她不會自負於自己的外貌，個性又不會多加掩飾，我也能理解很多人因此被她吸引。

被人告白的次數正彰顯了這件事。當然，也無法否認還是有不少單純看她漂亮就喜歡她的男人就是了。

「這麼說來，榊下呢？」

榊下是在午餐時間總是會來露個面，個性開朗輕浮的男生。連續兩年都跟我們同班，從一年級開始就會積極參與活動，是班上的中心人物。我也滿常跟榊下聊天的。

這樣的榊下卻在午休時間沒有現身，算是相當罕見的狀況，所以我若無其事問了美濃。

美濃靜靜地吃完春捲之後，就闔上便當蓋。

「天曉得。他應該不會再來了吧？」

「咦？」

我發出了傻憨的聲音。

美濃跟榊下應該格外要好才是。畢竟他們都沒有參加社團，我也很常看到他們一起回家的身影。

然而榊下不會再來一起吃午餐，到底是什麼意思？

大概是我的表情藏不住正在想的這個疑問，美濃跟我對上眼之後，就露出了苦笑。

「你幹嘛擺鬼臉啊？」

「呃，我才沒有擺鬼臉。太失禮了吧。」

「啊哈哈，抱歉抱歉。」

美濃乾笑了幾聲就仰望天空。

中庭那顆大樹的綠葉替我們遮掩了夏日的陽光。

大概是即使如此多少還是有點刺眼，美濃不禁伸出單手遮擋。

「……向我告白的人，就是榊下。而我拒絕他了。所以，他大概不會再來了。」

我不禁語塞。

一時之間不知道該向美濃回上什麼話，我也不禁學她仰望天空。

這時一陣風吹來，綠葉離開樹枝飛了起來。

綠葉乘著風不停飄盪之後，才漸漸落到地上。

「總之就是這樣。不過，你也不用介意啦。」

美濃平靜地笑了之後這麼說。

她說著這句話的聲音，就跟之前在放學後的教室裡聽見的一樣。

無論是那次的告白，還是高一時同時被三個人告白的事。

搞不好對美濃來說，全都只留下了負面的影響。

當美濃甩掉榊下時，究竟是懷著什麼樣的心情呢？

「小彩——！」

「啊，由季。太慢了啦，我都快吃完了。」

我的思考在平常一起吃飯的幾個人登場的同時中斷了。

一如往常的午休時間開始了。

接下來應該又會有很多人問起沒有看到榊下這件事吧。

每當那種時候，美濃都會露出怎樣的表情呢？

至今的那些告白，是不是也同樣成了交友圈中少了某個人的契機呢？

回頭想想，確實有幾個在不知不覺間就沒再來中庭的學生。

畢竟不是特別要好的人，直到剛才聽美濃那樣說之前，我都沒有特別留意。

——謠傳也這麼說過。

在美濃彩華的身邊，總是會有一大群人。

然而那些人，也都是變動不居。

◇

◆

「欸，羽瀨川，你覺得我怎麼樣？」

校慶已經結束，來到了寒風開始吹拂的時節。

我在籃球社的戶外訓練中，才剛跑完操場三十圈的時候，美濃這麼問我。

「……我現在很累耶……」

連接操場跟校舍的斜坡，是跑完三十圈的社員抵達的終點。

當我仰躺著喘氣時，能感受到汗水急速退去。

雖然得在身體著涼之前趕緊把汗擦乾，然而毛巾卻放置於體育館前的書包裡。

現在別說是要去拿了，我連動都不想動。

我用沒辦法思考的腦袋想著美濃這麼問的意思時，毛巾從上方落下。

「哇噗！」

「辛苦啦。毛巾借給你吧。」

「……謝啦。美濃，這是妳的嗎？」

莓果的香氣搔弄著我的鼻腔。說真的，這種柔軟的觸感很令人感激。

我朝美濃瞥了一眼。她在制服上又加件大衣，以一個高二學生來說，看起來滿成熟的。

「對啊。要是不把汗擦一擦會感冒吧。」

美濃露出微笑之後，就有些嫌麻煩地用手壓住被風吹起的頭髮。

……最近美濃身邊不太有男生靠過來了。

畢竟大家都看著美濃不斷被男性朋友告白並甩掉對方，而且開始流傳美濃的性格有缺陷的謠言也是原因之一。

儘管這項謠言如果傳到美濃耳中肯定是很令人不開心的事情，然而還是有不少學生相信。

除了謠言之外，許多學生在高二冬天就會正式開始為大考做準備，這個時期對於戀愛這些事情的興趣比較淡薄也是一個很大的因素。

要是待在她身邊，搞不好會喜歡上她。

但既然明知會被甩，盡量避開比較好。而且之後還有社團活動最後一場大型比賽跟準備

大考的事情要忙，時機也很剛好——

我從離開美濃身邊的一個學生口中聽到這種說法時，在憤怒之餘，也產生一點認同。

——然而就算只有一點，我也對於不禁認同的自己感到厭惡。

那些男生離開美濃身邊，都是為了自保。

不想被甩。

不想受傷。

既然如此，打從一開始就不要靠近她還比較好。

在這樣的算計之中，並沒有考慮過美濃的心情。

對男學生們說出這種想法的人，就是在夏天的時候被甩的榊下。

不論好壞，榊下說的話還是具有一定的影響力，因此這番話也在背地裡引發許多男生的共鳴，甚至還有學生會悄悄敵視美濃。

大家為什麼都會對榊下的意見產生共鳴呢？

雖然並非已經確認，但理由恐怕是因為有個結論比較好懂，也比較輕鬆吧。

人類就是會想逃離聽了覺得刺耳的事情。

大家都喜歡輕鬆的道路。

——而且，那也包含我在內。

我覺得像榊下那樣，將遠離她的理由全都推回美濃本人身上，是一種無視對方的心情又膚淺的想法。

但是，我在那個當下沒有對榊下做出反駁。

要是反駁他，接下來或許就會輪到我被強押一些理由，並在背地裡被人說壞話。

搞不好還會對我的校園生活帶來影響。

想著這種事情，我下意識就閉上了嘴，不禁在那個現場點了頭。

「羽瀨川，你還沒回答我剛才的問題耶。」

我一邊用毛巾擦著汗，一邊思考。

或許再這樣下去，我也總有一天會喜歡上美濃。

這樣的心情之所以至今都還沒湧現過，是因為知道自己不會有機會。

一般來說，跟一個漂亮女生變得要好之後，通常有八成的男生都會喜歡上對方。

以後要是我喜歡上她的話……

即使如此，我還是想待在她的身旁。

就算不對她告白也沒關係。

只是待在她的身邊，我大概就會覺得幸福了。

「……就是朋友啊。不要逼我說這種話啦，很害羞耶。」

至少現在還是朋友。

這句話的背後，沁出了這樣的想法。

在我回答她的同時，幾個社員紛紛從操場回來了。

美濃對幾個認識的社員說聲「辛苦了」。

回應她的男生大家也都是一臉竊喜的樣子，這再次讓我體認到男生就是這樣的生物。

「我們走吧。」

把毛巾還給美濃之後，我拖著沉重的雙腳走向體育館。

今天的練習是跑完三十圈之後，就能各自解散了。

美濃將毛巾收回書包，並跟了過來。

「你說是朋友，真的嗎？」

「我說謊又能怎樣啊？」

「可以跟我變得更好。」

「……妳白痴啊。」

我知道美濃想向我確認什麼。

她想知道我是不是對她抱持那樣的感情。

要是知道我沒有那個意思，她就能安心地跟平常一樣跟我來往；要是好像有點那種感情，她應該就會自己主動拉開距離。

美濃以前會像現在這樣做出測量與人之間距離感的舉動嗎？

答案恐怕是不會。

不可能有人對於跟自己要好的朋友都紛紛離去，卻還能無動於衷。

因為不想受傷，所以就自己主動拉開距離。

很諷刺的是，美濃也想了跟離開她的那些人一樣的事。

「美濃，妳為什麼把所有對妳告白的人都甩了啊？」

說穿了，要是有男朋友，被告白的次數也會減少很多才是。

如此一來，離開自己身邊的男性朋友也會減少。

單純只是一種對策。但她為什麼不交男朋友呢？

產生這樣的想法並向她問出口之後，只見美濃皺起了眉頭。

「什麼意思啊？」

「總之先試著交往看看，一般來說也沒什麼不可以吧。有那麼多人向妳告白過，總該也有一個可以交往看看的男生才是。」

畢竟向她告白過的人總數可觀。

既然有那麼多人向她告白過，一般來說就算有一個不錯的對象也不為過吧。

但是美濃聽了，這次更是明顯地皺起了臉。

「我為什麼非得跟不喜歡的人交往呢？」

聽她這樣講，我也無話可說了。

關於戀愛這件事，大概在美濃心中已經決定好一個答案。

如此一來，無論我說了什麼，她也不會聽進去。

但就這樣保持沉默，還是讓我覺得很不甘心，於是勉強自己硬是將話擠上了喉頭。

「……這麼說是沒錯啦。我只是想說，也有先交往之後才展開的戀情。」

「我就是想跟一開始就能確信自己喜歡的對象交往嘛。」

「跟妳那麼要好的那些人，妳都不喜歡嗎？」

「朋友的喜歡跟戀愛的喜歡不一樣吧。」

如果是羽瀨川，應該也能明白才是。

她的表情就像在這麼說。

「你到底想說什麼啊？」

一直抓不到重點的這段對話，終於讓美濃佇足了。

她的雙眼開始捲起懷疑的色彩。

面對這種時候的美濃，要說謊恐怕行不通。

我跟美濃就是度過了這麼濃密的時間，就連這種事情也明白。

放棄掙扎之後，我坦率地開口：

「……我就是很討厭啊。」

「討厭什麼？」

「自己的朋友被別人說三道四的這個狀況。」

這麼一說，美濃便眨了眨眼，露出微笑。

「抱歉。讓你有不愉快的經驗了。」

「美濃，這不是妳該道歉的事吧。而且現在這個狀況就是讓我覺得很火大，也讓我覺得很煩躁……尤其氣我自己。」

最痛苦的人明明就是美濃。

這是打從一開始就知道的事情，卻因為光是尋找自己情感的依靠就使盡全力，說到頭來我還是把自己放在最優先。

「我真的把美濃妳當好朋友看待。但是，我卻總是會以自己為優先。之前也是——」

——沒能反駁榊下。

話才說到一半，我就住口了。

就算榊下在背後說的壞話已經傳進美濃的耳中，要是這個事實再次從我口中說出來，一定會給她帶來更大的負擔。

這個狀況下，我怎麼還能再增添她的負擔。

我又更氣自己的無能，便使勁地咬了下唇。

甚至傳來一絲鐵鏽的味道。

「……你真傻耶。」

美濃嘆了一口氣，便朝著我的嘴邊伸手過來。

在美濃滑過去的手指上，沾染了紅色鮮血。

美濃沒有一點遲疑，就用手帕把血擦掉。

「你真的不用這麼在意。」

「但我們是朋友吧。」

「嗯。能聽你這麼說，我就覺得很高興了。」

她帶著微笑向我道謝。

這是我至今看過她最柔和的表情。

就像在勸說，又像在安撫一般，美濃緩緩道出了字句：

「但是呀，羽瀨川你以自己為優先沒關係啊。那是非常理所當然的事情，大多數的人下意識都會這麼做。只有你一個人抱持這樣的煩惱，不會覺得不公平嗎？」

「而且……」一邊說著，美濃撩起的頭髮。

她這次直接將手帕抵在我的嘴邊，露出苦笑。

「我也是以自己為優先嘛。至今是這樣，以後也一樣。或許正因為如此才會變成現在這種狀況，但那也是我自作自受，終究跟羽瀨川沒有關係。」

美濃的眼神在轉瞬間空洞得像是飄去了很遠的地方。

這讓人明白她正看著某個沒有聚焦的地方。

不知道是過去，還是未來。

那雙眼睛，現在究竟看見了什麼呢？

「……真的是自作自受呢。」

美濃這麼悄聲低喃之後，就將手帕摺得小小的。

「……即使如此，我還是不想妥協做出改變。因為，這就是我。」

聽到這句話，我的胸口感覺就像受到一陣衝擊。

越是能圓滑處世的人，就能更簡單地改變自己的生存方式。

講好聽點是適應力高，講得難聽點就是沒有原則。

那是長大成人之後必備的能力，而學校也可以解釋成培養那種能力的地方。

但是，在這世上多少還是存在的。

不輕易妥協，卻也能融入這樣的世間，並在社會上建立起地位的那種人。

至少我很明白自己不可能成為那種人，也已經放棄了。

正因為如此，我才會希望感覺有著不同於自己的某種特質的美濃彩華，可以繼續秉持著自我的原則。

我覺得要遮掩自己的個性，是一件非常悲傷的事。

「……美濃，妳一定要繼續維持下去喔。我覺得現在的妳，絕對比較好。」

我也知道這樣是多麼自說自話。

要是美濃就這樣秉持著自己的原則下去，哪天就算因此嚐到失敗的苦頭，我也無法負起任何責任。

而且像我這種想到就說出口的話，美濃肯定已經聽其他男生說過夠多次了。

那麼，我這番話也沒道理會格外打動美濃。

即使如此我還是無法忍受自己不說出口。

只不過是自我滿足。

聽我說出理解這個前提還脫口的話，美濃一時之間愣了愣，才回過神來揍了我的肩膀。

「不要說那種囂張的話啊，笨蛋。」

「痛死了。」

我揉著開始隱隱作痛的肩膀並笑了起來。

一想到這陣疼痛就是美濃接受了自己的證據，也不會覺得不舒服。

我跟美濃對上了眼。她像是想說些什麼而開口，卻又語塞地嚥下了口水。

然後乘著一股勁，她就將頭靠上了我的肩膀。

「喂。」

雖然不過幾秒的時間，我的肩頭一瞬間就熱了起來。

不知道該如何是好的我陷入沉默之後，美濃平靜地說：

「……謝謝你。」

美濃不讓我看到她的表情就抽回身體，頭也不回地走遠。

看來我的那番話算是說對了。

如果美濃可以因此提振起精神來，肯定不會有錯。

「喂，羽瀨川。既然社團活動結束，就早點回去吧。」

回過頭，只見籃球社的同伴一邊擦著汗站在那裡。

「喔。辛苦了。」

這麼回應之後，我就跑向放置私人物品的地方。

然而我卻有種一股看不見的壓力從背後襲來的錯覺。

我講的那番話沒有錯。
分明如此，不祥的預感卻莫名地不斷湧上。
「……可惡！」
為了遮掩心中的不安，我咂嘴了一聲。
太陽在不知不覺間被雲朵覆去，擋掉了那道光芒。
感覺就快下起驟雨的空氣，更是推動了不安的心情。

◇◆

隔天當我進到體育館之後，馬上就發現不對勁了。
平常已經先開始自主練習的社員，看到剛進到體育館的夥伴都會大聲招呼。
我也一如往常在踏入體育館的同時揚聲喊著「大家辛苦了！」。
然而今天卻只能聽見幾乎要被球的回音蓋過去的細聲招呼，零星地回應著「辛苦了」而已。
氣氛很明顯就跟平常不一樣。
就算換好衣服站上球場，也沒辦法抹去那種不對勁的感覺，在欠缺注意力的狀態下就拿起了球。

「……」

操控著球的掌心冰冷到無法自由活動。

為此，運球時不能像平常那樣俐落也無可厚非。

但是，今天的狀況更是比平常差勁許多。

「羽瀨川，我看你還是先回去比較好吧。」

自從開始練習才過了一個小時，隊長就把我叫出來對我這麼說。

「……抱歉。我沒辦法專心。」

雖然是隊長，但到了高二冬天，也不過是同學的職稱而已。

只要不是太誇張的事情，都不至於被說這種話。

再說，我沒辦法專心的原因，主要也是受到他人的影響。

要傳球的時候選手會從我身上撇開視線，聊天的時候大家的笑容也有些僵硬。

雖然我對周遭的情感變化並不敏銳，但自己變成當事人之後又是另一回事了。

更何況那還不是出自一個人，而是好幾個人的時候，就算不想也會察覺。

「隊長。總覺得氣氛跟平常不太一樣，這是因為我的關係嗎？」

不知道該說什麼才好，最後，我決定直接問清楚。

隊長是以推薦甄選進入名門大學為目標的模範同學。

我認定他不會對周遭的人說三道四，才會提出這個問題。

隊長一個皺眉之後，就嘆了口氣。

「……既然你心裡有底，我也比較好說了。」

光是這句話就讓我足已理解。

真希望我的直覺不要老是在這種狀況下這麼準，但似乎也不是那麼簡單就能如我所願。

隊長感到抱歉似的皺起了臉。

「現在四處都在謠傳你跟美濃在交往。雖然不知道事情的真假，不過你也知道，我們社團裡就有好幾個向美濃告白過的人吧？他們就把美濃跟你說得有點難聽……」

我才想開口，隊長就說著「我當然有阻止他們喔」並揮起了手，繼續說下去：

「至於其他社員則是煽動地說，『被甩掉的傢伙說什麼都只是丟臉而已』。所以說，簡單來講就是在你不知道的地方，發生了一點小分裂啦。」

我不禁輕笑了出來。

大概是昨天跟美濃的互動，被社員看到了吧。

既然是在我進到體育館的前一刻，因為我的關係而引發爭執的話，理當氣氛會變得這麼微妙了。

因此對於隊長來說，唯獨今天為了先讓社員們都冷靜一下，我還是不要在場會比較好。

「之前明明一直閃躲，一說到有在跟人交往，又是這副德性啊。」

「咦？你們真的在交往嗎？」

「……沒有在交往啦。只是這樣說而已。」

說完之後，我就把球丟進了籃子裡。

丟進去之後，有幾個球從籃子裡滿了出來。

「那我走了。」

我這麼一說，隊長苦笑著答應。

「抱歉。你這麼好說話真是幫了大忙。只是今天一天而已啦。」

我沒有回上這句話，離開了體育館。

都已經是高二的學生了，還被謠傳影響，他們都不會覺得丟臉嗎？回想起一年級的學弟妹都顧慮著這種氣氛，因而比平常還要乖巧地參加練習的身影，就讓我感受到比自己被趕出練習還更大的憤慨。

「……無聊死了。」

真的有夠無聊。

都已經是高中生了，還這麼丟人現眼。

我在心中像這樣強勢地抱怨著，然後又嘆了一口氣。

一旦真的像這樣被社團排擠，我才發現自己受到的精神打擊超乎想像。

我打從心底厭惡感覺都快產生「早知道一開始就不要靠近美濃了」這種想法的自己。

我不想因為跟美濃當朋友而感到後悔。這份心情毫無疑問是真的。

或許只是剛好跟她變成朋友的人是我，就算是其他男生，遲早也會陷入相同的事態。

既然如此，這個擔子由我來扛就好。是我才比較好。我是真心這麼想的。

但是，要是別人站在我這個立場。舉例來說，如果是榊下的話。

雖然榊下在被美濃甩掉之後，我就再也沒有看過他們兩人聊天的樣子，所以這算是個沒有意義的假設，但我還是不禁這麼想。

如果我像榊下那樣再更有人望一點，事態可能就不會演變成這樣。

隊長也不會用這種方式把我趕出練習，說穿了或許連分裂的狀況都不會發生。

就算事情的起因是一場誤會，搞不好還會受到祝福。

都要怪我只建立起一傳出在跟她交往的傳言之後，就會遭受排擠的脆弱人際關係。

「咦，羽瀨川？你今天不是要練習嗎？」

換回制服來到走廊之後，美濃正站在眼前。

她把手拿的書包揹在肩上，手上正拿著智慧型手機。

「今天不用練習。」

「大賽不是快到了？」

「……休息也是練習的一環啊。」

實際上一直練習也確實會提高受傷的機會。

我並沒有說謊。

美濃也不疑有他，只回了一句「是喔」，就繼續說了下去：

「那要一起回家嗎？」

……才剛面對那種事情，就受到這樣的邀約。

在被趕出練習之後，馬上又跟女生一起回家，要是被人看到可就麻煩了。

而且還是話題中心的兩人。

今天還是先找個理由拒絕，才是比較安全的選擇吧。

「今天——」

「不一起回去嗎？」

我的心頭緊緊縮了一下。

美濃沒有做出任何壞事。而且我也沒有。

但美濃昨天才說過而已。

以自己為最優先，是非常自然的事情——

「……我得先去教職員辦公室一趟才能回去。」

「怎麼，你又忘記交作業了嗎？」

「差不多啦。那我走嘍。」

「啊，嗯。拜拜。」

我的腳步朝著其實沒有任何事要做的教職員辦公室方向走去。

美濃沒有跟上來的樣子。

在走廊上掀起一陣從縫隙間吹來的風，總覺得刺痛了我的頸項。

◇◆

「你在跟美濃交往嗎？」

在下一堂是體育課的下課時間，一道語調帶刺的聲音對我這麼問道。這是這個月來第幾次了啊？

「……我沒有在跟她交往。」

「真的假的？美濃也說了一樣的話就是了呢——」

我強壓下想追問他是不是也去問了美濃這件事的心情。

拜託饒了我吧。

午休時間，美濃再也不來平常中庭的那個地方了。

我不知道她都在哪裡吃午餐，但我能確定她沒跟班上的人一起吃飯。

一開始還沒什麼人相信的，說她性格有缺陷的謠言，最近也越來越帶有可信度了。

大概是之前跟她很要好的某個人，贊同了那個謠言吧。

不然說什麼性格有缺陷這種程度低落的謠言，不可能會流傳這麼久。

「俗話說無風不起浪嘛，但既然你們兩個都這樣講，我也不會再深究啦～～」

那一開始就不要問啊。

我真想對著那走遠的背影這麼說。

只要我在校內跟美濃講話，感覺就會受人關注，讓我喘不過氣。

一定都是那些會跑來問剛才那種問題的傢伙害的。

這個狀況要是再持續下去，感覺跟美濃講話都會是一種壓力，實在很可怕。

而美濃不再靠近我，也是當我產生這種想法的時候。

「羽瀨川～～」

我停下正要將制服換成運動服的動作。

叫我的人是榊下。

「什麼事？」

榊下是班上的中心人物。

我升上高二之後，就跟榊下建立起不錯的關係。多虧身在以榊下為主的中心小團體當中，在跟美濃的傳聞鬧開之後，我才不至於被班上排擠。

明明男學生們之所以不再靠近美濃，就是榊下的一句話為契機，此時我卻身在榊下小團體的庇護之下。

這當然讓我很有罪惡感。

但以自己為優先很理所當然。

美濃的這句話，現在已經成為我的精神支柱。

「還有什麼事，你今天是代理體育股長吧。要是不先過去，會被老師罵喔。」

「啊，對耶。山下今天請假。」

如果體育股長請假，代理的人就要在體育課的時候跟老師一起整隊才行。做體操時要站到大家前方，也要事先做些準備。

想著美濃的事情，不禁就忘了這些。

「要是一直這樣發呆，小心被美濃討厭喔。」

有人這麼消遣之後，周遭在換衣服的幾個男生就跟著竊笑起來。
最近我變成在男生當中，唯一一個敢靠近被大家避而遠之的美濃的人。
也就是說，其實美濃在背地裡簡直被當成麻煩人物對待。
但這只是男生在亂起鬨，既沒有人當面對美濃本人說些什麼，也沒有人要求女生一起把事情鬧大。
這點從美濃還是一如往常地開心加入女生們的對話之中就能看出來。
然而以自我防衛來說，很明顯是做得太過火了。
也剛好遇上要開始準備大考的時期，大家或許只是想要一個發洩情緒的出口而已。
但這種事情應當透過跟朋友去玩、運動、打電動之類，做自己喜歡的事情發洩才對。
這種做法可說是下流至極。
包含我在內，班上一定還有其他學生這麼想。
之所以沒有人明顯站出來反駁這種風氣，正是因為不希望自己被捲入其中。
想必也有人會在私底下批評這樣亂起鬨的態度吧。
然而那一點意義也沒有。
想要改變班上一半以上的男生認同的風向，要不是班上的中心人物站出來反駁，就是要在許多人的關注之下站出來反駁，並讓周遭的人認同這個主張才行。

在幾乎所有學生都並非中心人物的狀況下，也只剩下後者這個手段。

要是失敗，可能就會被男生的小團體排擠。

何況在這個班上，沒有膽敢做到這種地步的男學生。

只要身為中心人物的榊下願意出聲阻止，風向應該會有所改變，但也無法期待他會這麼做。

因為榊下就是被美濃甩了。

雖然他沒有贊同這種風氣，卻也沒有要阻止的樣子。

「那我先走了。」

至少不回應別人說出的挑釁，走出了教室。

在走廊上前進了幾步，接著走下樓梯。

走到樓梯間的地方，我不禁大大嘆出一口氣。

比起教室，這裡待起來還比較舒坦。

「嘆了好大一口氣啊。」

我從樓梯上往下一看，只見美濃一個人站在那裡。

女生的更衣室在男生換衣服的教室樓下。

好久沒跟她講話了。

美濃沒有要等我的意思，便繼續往下走去。
我小跑步追上去之後，與她並肩而行。
「這樣好嗎？」
「怎樣？」
聽我這麼回問，美濃笑了。
「沒什麼。總覺得很久沒見呢。」
「……最近都沒什麼聊到嘛。」
我自己這麼說著，就覺得心頭好像被什麼東西刺中了一般。
我裝作沒有發現心頭滴下的鮮血。
「是啊。你哪天有空，就一起去電玩中心吧。」
美濃這麼說，就小跑步離開我身旁。
「但羽瀨川你平常都要參加社團活動，可能也沒辦法吧。我先走啦，今天女生在體育館上課嘛。看來滿順利的，真是太好了。」
我不是很懂她最後一句話的意思，只是回以一個僵硬的笑容。
美濃走遠的瞬間，榊下就從樓上下來了。
「你怎麼還在這裡啊？真的會被罵喔。」

「……呃，也沒過那麼久吧。」

我現在究竟是用怎樣的表情在說話呢？

一邊想著這種事，我就覺得自己的表情變得更加僵硬了。

◇◆

今天的體育課內容是要跑五十公尺。

參加運動類型社團的人都很興奮的樣子，等待時一邊閒聊耗時間。

體育老師也說「今天是自由日」，沒有特別警告在旁邊閒聊的人。

平常都不準學生上課閒聊的老師今天竟然不會干涉，大家的情緒就更高昂，在等待輪到自己之前，都各自聊得很開心。

榊下就在我身邊，或許從旁人的眼光看來，我們也聊得很熱絡吧。

「是說，你是什麼時候認識美濃的啊？」

聽榊下這麼問，我笑著回答：

「要說認識的話就是高一的時候啊。不過高二才變成朋友就是了。」

「啊，對耶。我們高一也是同班嘛。」

榊下有著帥氣的臉蛋，很受到女生的歡迎。

而且因為很好聊，也受到男生的支持，高一五月的時候就已經是班上的中心人物了。

「我高一的時候就跟美濃很好了，所以算是相處好一陣子了吧。現在是十二月，差不多也要兩年了。」

榊下一邊綁著鞋帶，有點自豪地這麼說。

但我不太明白這段話的意思。

榊下最近應該已經沒在跟美濃聊天了才是。

「在被她甩了之後，你們還有聊天嗎？」

或許我問出這種事情，會讓榊下有點不開心。

這麼想著問出口之後，沒想到榊下輕輕笑了兩聲。

「當然啊。確實是被她甩過一次，但現在相處得還不錯喔。最近也是每天都會聊ＬＩＮＥ。」

「咦，是喔？」

「對啊。那傢伙果然還是很好相處呢。講話也很有趣。」

美濃只會跟很親近的人每天聊ＬＩＮＥ才是。

如果他說的是真的，就代表兩人之間的關係已經修復了。

「哈哈。」

感覺看見一絲光明，讓我不禁笑了出來。

總覺得很久沒像這樣打從心底發笑了。

「就把這件事跟大家說吧。總覺得最近美濃都不太跟男生聊天。榊下，你或許沒有自覺，但其實因為你的一句話，讓其他人受到不小的影響，而遠離了美濃。」

雖然他沒有跟著亂起鬨，但促成一切契機的，也是榊下對身邊的人說出「只要靠近她可能就會喜歡上她，所以在準備大考的期間還是不要靠近美濃比較好」這樣的想法。

如果是促成契機的榊下自己親口否定那樣不好的風氣，就會帶來很大的效果。

而且榊下還是班上的中心人物。

只要他向其他男生說這件事情，風向就會一口氣改變了。

如此一來，美濃要再像之前那樣跟其他男生聊天，也只是時間上的問題而已。

——是不是打從一開始，就不需要我瞎操心呢？

美濃在我不知道的時候，跟榊下和好了。

這樣就沒問題了。

放心的感覺也讓我肩上的力道鬆懈了下來。

「不，我不會跟其他人說。」

「啊？」

我反射性地回問過去。

聽我這麼說了之後，榊下應該會對於自己成為這次亂起鬨的開端產生自覺，我本以為他肯定會二話不說地答應。

然而他卻沒有任何遲疑地拒絕了，這讓我無法理解。

「那樣很丟臉吧。」

——站在榊下的立場看來，會這麼想的確不奇怪。

跟甩掉他的人每天在聊ＬＩＮＥ。

如果是高二的男生會覺得丟臉，就某方面來說也是理所當然。

但是，我能為美濃做的事情，就只有這個而已。

「……拜託。真的拜託你了。有在聊ＬＩＮＥ的話，你應該知道現在美濃有多難受吧？雖然那傢伙不會直接說出口——」

美濃完全不會說喪氣話。

那既是她的強項，同時也是無法依賴他人的弱點。

但如果是榊下，就是可靠的存在。

就算是美濃，或許也會依賴榊下。

「我不知道啊。美濃又不會對我說這種深入的事情。」

榊下的聲音聽起來，好像帶了點憤恨的情緒。

我剛才聽見了什麼？

「羽瀨川，你大概是跟美濃聊了很多，所以才能理解她的心情吧。我再說一次，我可不知道。」

榊下露出淺淺的冷笑，繼續說了下去：

「我本來想說只要讓狀況變成這樣，就能跟美濃聊到更深入的事，沒想到還是一樣隔了一道牆。」

——他剛剛是說了「讓狀況變成這樣」嗎？

「你這是什麼意思？」

我似乎都能感受到眼瞼在顫抖。

拚命忍著從心底湧上的某種情緒，這讓聲音聽起來有些僵硬。

「我只在這裡跟你說喔。因為你值得信任我才講的，其實孤立美濃的人就是我。」

我知道。我知道這件事情的遠因就是榊下。

但是……

「我以為你沒有自覺。」

正因為沒有自覺，才沒有跟著起鬨。

也沒有阻止他們亂起鬨。

我以為是這樣。

「自覺？當然有啊。我本來就是這樣計劃的嘛。」

「計劃？」

我像個笨蛋一樣又重複了一次。

「對啊。要是身邊的人突然離開了，絕對會感到受傷吧。我已經被美濃甩過一次了，如果想營造出可以再次告白的狀況，在那種狀態下溫柔對待她，應該就會很有效果。」

所以現在是怎樣？

美濃之所以會露出那種表情……

「大概是原本被美濃甩的人就很多吧，效果比我想像中還要大，嚇我一跳就是了。沒想到其他男生還會跟著亂起鬨。」

美濃從不示弱。

但唯有一次。

她將頭靠在我身上的那個驟雨的日子。

——謝謝你。

那就是求救訊號。

那時候的美濃沒有回頭。我沒能看到她的表情。

現在想想，那傢伙……

「然後事隔一段時間傳ＬＩＮＥ給她之後，她就傳了比平常還要有精神的回覆過來。我還想說應該是機會來了。」

我受不了了。

「你這個混帳——！」

我朝他撲過去，乘著全身的體重揮下拳頭。這拳直接擊中蹲下來的榊下的臉，見他倒了下去，我更壓在他身上並再次高舉了拳頭。

發現異樣的體育老師好像在喊著什麼。

這時榊下驚訝的眼神也在轉瞬間變成憤怒。

「你這傢伙——」

榊下扭過身體，為了逃離被壓制住的態勢便強擊了我的心窩。
高舉的拳頭頓時褪去了力道。
但那又怎樣。這種痛楚跟那傢伙心中的相比根本不算什麼。
我這次用雙手固定住榊下的頭，並朝著正中央擊出了頭槌。
正想反擊的榊下這時動作變得駑鈍，我就接連一拳、兩拳地揮下。
當我想再給他第三拳而舉起雙手的時候，身旁一道強力的衝擊襲來，把我撞飛到地上。
「你在幹嘛啊，冷靜點！」
榊下小團體當中的一個人，對我擒抱了過來。
明明什麼都不知道，為什麼還要妨礙我？
但就連處在亢奮狀態的腦袋都能輕鬆得出回答。
因為榊下比我還要有人望。
看在其他人眼中，或許就是我突然揮拳揍了榊下。
我像是跳起來一樣起身之後，再次伸出雙手想揪住榊下。
但這次身體被人往後拉去，並被某個人強力地固定住雙手。
這時老師介入我們之間，我就再也做不了任何事情了。

——我沒能替美濃做上任何事。

腦中回想起夏天那時單純又開心的情景。

可以躲開燦爛陽光的中庭的長椅。

在那裡，美濃笑著，大家也笑著。

我跟榊下也是。

我不知道該怎麼做才是最好的辦法。

想必接下來好一段時間，我都會一直想著要怎麼樣才能守住那個日常吧。

但是，現在知道的只有一件事。

我也逃開美濃身邊了。

很少跟她講話，也不靠近她。就算美濃來找我聊天，我也會下意識地簡單講個幾句就結束話題。

因為我很在意周遭投來的視線，也是為了保護自己。

我也一樣。

我也跟這個混帳一樣。

這讓我不禁酸了鼻頭，卻只能咬緊牙關忍下。

◇
◆

在發生騷動之後的隔天傍晚。

我被學校處罰禁閉一天，並趴在自家床上。

雖然也有幾個老師表示是不是要罰我停學比較好，但好像是體育老師壓下那樣的聲浪。

班導則對我說「要不是在上課時打起來也不會被人發現」這種令人感激的話。

看在別人眼裡，應該是我突然揪住榊下吧。

事實上也是我先動手的，因此可以接受禁閉的處分。

「不是被停學就好了呢。而且還只禁閉一天。」

美濃將咖啡放到我的枕邊。

「……謝謝。」

「別客氣。這是對你被罰禁閉的歉意。」

「那也太廉價了吧。」

「少抱怨了。」

美濃輕笑著，就在我書桌前的椅子上坐下。

只被處罰一天禁閉。

又不是生病，美濃卻還在放學後來到我家探訪的理由，我也能夠想像。

「……欸，羽瀨川。」

「對不起。」

「咦？」

「就算我揍了他，狀況也不會有所改變就是了。」

美濃應該不知道我跟榊下為什麼會吵架才是。真正的理由就連當時在場的男生都不知道。

當榊下被其他人猛烈追問的時候，他只回答了一句「總之發生了很多事」。

不僅如此，他好像還自己跟老師說「因為我挑釁他」。我的處分會比較輕，似乎也是受到這個影響。

如果是榊下，應該可以把當時那個狀況的所有責任全都推到我身上，但他卻沒有這麼做，或許是還留有最後一點良心吧。

所以，美濃只是後來才聽到我跟榊下互毆的事情。

即使如此她還是察覺了端倪，所以才會像這樣來我家探訪。

美濃說話的聲音也已經帶著歉意。

但我不能讓美濃道歉。
美濃沒有做錯任何事情，她沒有該道歉的道理。
「……你很溫柔呢。」
「才不是。」
「不然是什麼？」
「固執。」
「什麼嘛，真莫名。」
美濃垂下眉毛，感覺傷腦筋地笑了。
我第一次看到她這樣的表情。
「不然，謝謝你。」
「這還行。比較能坦率接受。」
「畢竟我也不記得把你養成一個連人家的道謝都不接受的彆扭怪人嘛。」
「妳是我老媽喔。」
「啊哈哈。」
兩人之間久違的對話。
說著「這可不是在禁閉期間該有的對話呢」，接著兩人又笑翻了。

「不要動不動就把我逗笑啊，你還是一樣耶。」

「我就是很會抓到妳的點啊。」

「是是是，剛好而已吧。這也不是什麼值得自豪的事。」

美濃這麼一說，就從自己的書包裡拿出罐裝果汁。

我看了喝著果汁潤喉的美濃一陣子，就在床上坐了起來。

「欸，美濃。」

「嗯？」

「要道歉的人是我才對。而且溫柔的人是妳吧。」

——沒錯。

就算只是一小段時間，我還是離開了美濃身邊。

我分明知道只要有親近的人離開，美濃會露出什麼樣的表情。

之所以揍了榊下，也是我憑藉著一己衝動所造成的結果。

就算揍了他，事情也沒有因此解決。

即使如此，美濃不但還是一如往常地待我，甚至還想向我道歉。

都是為了讓我不再顧慮。

「聽說妳有在跟榊下用ＬＩＮＥ聊天。」

「咦？」

「ＬＩＮＥ啊。榊下說你們每天都在聊喔。」

如果他們是在真的和好之後才又開始聊ＬＩＮＥ，我也能坦率祝福。

榊下現在或許是覺得和好如初了。

但美濃恐怕不這麼想。

「……是啊。現在也有在跟他聊喔。」

「那是為了我嗎？」

要是這個想法太過自戀，了不起也只是我丟臉而已。

然而，如果真的是為了我……

我就是欠了美濃還也還不清的人情。

但美濃在眨了幾次眼之後，說了「不是啊」。

「是為了我自己。你也發現了吧，我跟榊下聊ＬＩＮＥ的內容都不是出自真心。」

「……也就是說，從結果看來是救了我吧。」

我最後身在距離美濃最親近的地方，恐怕引來了榊下的嫉妒吧。

那堂體育課聽見榊下的話聲就彰顯了一切。

即使如此，我為什麼還能一直待在榊下的小團體裡呢？

被罰禁閉不能去上學的今天，我白天一直在想這件事情。

榊下跟我打起來的時候，他的神情看起來就像在面對一個憎恨的對象。畢竟是在打架，會面露猙獰也理所當然。

但我覺得那樣的表情，就像是從以前開始就堆積起來的東西滿溢出來一般。

在那樣的狀況下，我一直待在榊下的身旁。

得以不被排擠。對榊下來說，要孤立我應該易如反掌才是。

由此得到的結論就是，如果榊下跟美濃在重建彼此之間的良好關係時排擠了我，恐怕又會破壞他們這段關係。

雖然榊下的想法跟做法都很扭曲，唯獨他對美濃的心意是貨真價實的。

既然如此，必然會想保持跟美濃之間再次建立起來的關係。

我正是受到美濃這個存在的保護。

「……我有在反省。」

「反省什麼？」

「我一直堅持這就是我，固執地秉持自我。結果不但是自己，也讓你感到痛苦了。」

美濃低下頭，嘆了口氣。

當她接著抬起頭來時，眼中散發出決心的光芒。

「所以，我要改變。至於要怎麼改變，說真的，我現在也還完全不知道——與其給你添麻煩，那還不如捨棄『我自己』。」

也就是說，她跟榊下很和善地聊LINE，也是這個決心的一環啊。

——結果還是為了我嘛。

美濃說要捨棄自己。

在這之前，我不希望美濃因為現在這個自我的堅持吃虧。

我希望美濃可以一直保有我辦不到的，無論面對誰都不改變態度，並率直表達意見的自我，但這完全是我任性的願望。

然而這個結論只能靠美濃彩華自己找出答案。

於是她自己想了又想，並自己做好從今以後要改變的決心。

從旁人的眼光看來，還不知道以後的美濃彩華會如何改變。

但不管以後的美濃彩華會怎麼改變……

——我都知道美濃做出這個決定的理由。

這整個過程都太符合美濃的個性，甚至會讓我不禁笑出來。

無論未來會怎麼改變，本質還是不會變。

「美濃彩華」沒有任何改變。

她的原則確實存在。

很符合美濃個性的自我，在我看來依然相當耀眼。

「但是，到時候如果又失敗，假設還是變成一樣的狀況，你就真的可以不用管我了喔。

我有說過吧，以自己為優先很理所當然啊。」

美濃的自我不會改變。

既然如此，我會採取的行動也早就決定好了。

「會看得比自己還要重要的人，就是朋友吧。」

這次不會再失敗了。

只要身在同樣的環境，我……就算只有我，也會陪伴著美濃。

美濃聽我這樣說，又露出傻愣的表情。

她正在思考我這麼說的意義。

「如果要說得好懂一點……」

我再次吸了一口氣，為了讓接下來的話可以傳達到美濃的心，更是加強了語調說道：

「要是又變成一樣的狀況，我這次更不會置身事外了。會幫妳幫到底。因為我們是朋友。」

美濃睜大了雙眼。

「朋友是這麼一回事嗎？」

「是吧。」

「那要是大家都陷入一樣的狀況，你就會救助所有人？」

「……說穿了，那不可能。」

「也就是說，因為是我嗎？」

「是啊。」

「為什麼？」

「因為想跟妳變得更要好吧。比一般的朋友再更進一步的關係。」

想跟她一起看見跨越朋友這道高牆之後的景色。

為了想更加深彼此關係的門票，肯定是只要有這份心意就夠了。

「……這樣啊。那就叫摯友嗎？」

「搞不好吧。雖然怎麼稱呼都沒差啦。」

也不是要跟別人四處張揚「我們是摯友」。

摯友這種關係跟戀人不同，以旁人的眼光看來是很難辨別出來的關係。

正因為如此，只要當事人自己有著是超越朋友關係的認知，那就足夠了。

美濃稍微沉默了一下，接著笑了。

那個表情看起來相當灑脫。

「說得也是──那這個給你。」

美濃從口袋裡拿出某個小小的東西並遞給我。

「這是什麼？」

「鑰匙圈。姑且算是個回禮。」

雪豹的設計宛如地方吉祥物一般。

「……真可愛。」

我這麼一說，美濃也揚起嘴角。

「那就請多指教嘍。要是又遇到麻煩，我會毫不客氣地把你捲進來的。」

「呃，妳這樣宣言讓我有點害怕耶。」

「什麼嘛。我們已經是比朋友再更進一步的關係了吧。」

美濃這麼一說，就一股勁兒地從椅子上站起，粗魯地將書包揹上肩。

「那我走嘍。明天見。」

「喔。拜拜，美濃。」

我這麼一說，美濃先將擺上門把的手放了下來。

「……彩華就好。」

「咦？」

「只有我們兩個人的時候，叫我『彩華』就好。不過在高中畢業之前，在大家面前還是希望你用姓氏叫我就是了。」

回過頭來的美濃，臉頰上帶了一點紅暈。

「算了，我看還是怎麼叫都好啦……拜拜。不可以一直看漫畫喔。還有，記得要好好複習今天上課的地方！」

「妳是我老媽喔！」

我又吐嘈了一次，美濃便笑著走了出去。

「……下次見面的時候，就這樣叫她好了。」

或許會有點緊張吧。

當我習慣用名字叫她的時候，我們的關係會如何變化呢？

至少跟現在相比，應該會不太一樣才是。

一邊遙想著兩人的未來，我便撲回到床上。

第9話　兩人的關係

醒過來之後，眼睛跟鼻子的前方放著盛了茶的茶杯。

剛才還冉冉飄著的熱氣已經完全消去。

茶柱貼在小小茶杯的邊緣，這已經不是有沒有立起來的問題了。

在朦朧的意識之中，我慢吞吞地喝著茶，希望能快點清醒過來。

我也不知道自己是什麼時候睡著的，只覺得好像作了一場很久的夢。

大概是因為直到睡著的前一刻還回想著高中那時的事情，這場夢格外鮮明。

——沒錯。

我跟那傢伙是朋友，是摯友。

如果要將人際關係做個區分切割的話，我跟那傢伙可以說是保持著很剛好的距離。

無論摯友這個關係是發展中的狀態，還是已經抵達終點了。

我跟那傢伙之間的關係，從很久以前開始就沒有改變。

「……這樣就好了。」

也有一些東西正是因為沒有改變才好。
我覺得跟那傢伙的關係，就是最典型的例子。
以前就是因為有著一堆硬是想要改變的男人，所以事情才會變成「那樣」。
我現在痛切地了解想要修復一度崩壞的堤防，是一件難如登天的事。
嘆了口氣，我再次仰頭喝茶。
茶已經完全冷掉，茶柱還貼到嘴裡的感覺，讓我不禁皺起了臉。
「好什麼？」
「噗！」
茶柱噴飛到桌子上。
剛才在我耳邊低語的人，用驚訝的語氣說：
「等等，你不要亂噴啦！」
「這、這是美濃妳害的吧！竟然在人剛睡醒的時候突然跑來講話！」
而且還是在剛睡醒時，靠到耳邊講話。
會噴出茶柱也是無可奈何的事。
「你是怎麼啦？」
「咦？什麼？」

搞不懂她在問什麼，我反問回去。

「不是啊，也太久沒聽你用姓氏叫我了。」

「喔喔……呃，習慣不小心跑出來了啦。」

「那到底是多久以前的習慣啊。」

彩華鬆懈表情，輕聲笑了起來。

偶爾會露出的溫柔表情，從高中那時開始就不曾改變。

高中那時的夢記得意外鮮明。

那個時候的美濃彩華，跟現在的美濃彩華。

在高中那時的朋友眼中，至少到高二之前的她跟現在的彩華相比，一定會覺得變了很多。

我自己直到最近都還沒有仔細想過彩華到底哪裡變了。

曾幾何時，我認為無論她改變了什麼，反正彩華對待我的方式都是一樣，所以也沒必要在意。

但過去的記憶變得鮮明的現在，答案已經相當明確了。

以前我有問過她「為什麼要跟大家都這麼要好？」。

因為我對於要跟不是自己喜歡的人成為朋友的想法抱持困惑。

這是我對還是個高二學生的彩華絕對不會問出口的事。
也就是說，在我將這個問題脫口的當下，彩華改變的地方已經很明確了。
——總是顧慮著他人，並盡力於圓滑處世。
彩華改變的地方就是這點。
像是彩華參加的同好會所舉辦的，為了慶祝考試結束的聚餐。
我有察覺出來彩華所做的努力。
而那些全都是為了改變。
過去強烈的意志，形成了現在的彩華。
「……不，還有另一個地方變了吧。」
「你突然間是在說什麼啊？」
彩華垂下眉毛，並勾起了嘴角。
「變漂亮了。」
「——什麼？」
她的容貌跟高中那時相比，明顯更是漂亮了。雖然原本就是個美人，現在又更超越了過去的容貌。
不知道這是多虧了成熟感，還是因為溫柔的表情變多了，又或是有在鍛鍊身材的成果。

但在我眼中，現在的彩華看起來無比耀眼。

「你今天是怎樣啊，在追我嗎？」

聽彩華這麼說，我立刻就搖了搖頭。

「笨蛋，才不是。怎麼可能啊。」

彼此看不見的那條界線，確實存在於自己跟他人之間。

就算對方是自己的父母也一樣。

雖然無法推測那條界線是牽引到什麼地方，但那是在建立起人際關係時必備的力量。

我跟彩華之間牽起的那條界線，從高中到現在都不曾改變。而且，也不能改變。

但是，即使如此。

「怎樣啦。被你這樣一秒否定，也讓人覺得很火大耶。」

每當我看見她偶爾會露出像在生氣的表情都不禁想著。

至今都沒有產生奇怪的心情，反而近乎奇蹟。

◇◆

一個人泡溫泉，簡直就是天堂。

一開始還擔心自己泡進無謂遼闊的露天溫泉當中會不會有些鬱悶，但那也是杞人憂天。

就算呼了一口像要吐出精氣的嘆息，也不用擔心被別人聽見。

將毛巾放進浮在溫泉上的檜木小桶中，我仰望了天空一陣子。

泡澡時不用受到時間限制，竟是如此暢快的事。

家裡的浴室設有遙控器，上頭總是會顯示出時間。

就算在浴室裡也會知道當下的時間，儘管是個便利的機能，偶爾像這樣悠閒泡個澡也不錯。

但是，這樣分不清夢境與現實的極樂淨土持續不久。

「快泡暈了……」

過個十五分鐘，身體就熱到不行。

結果溫泉也只能享受三十分鐘左右，讓我更實際感受到如果想要好好享受，就得再多加修行。

走出換衣間之後室內有暖氣，一點也不會覺得冷到要縮起身體，可以舒適地穿衣服。

每個細節都顧慮周到，正是旅館的好處。

踩上樓梯回到房間之後，看到彩華正在做體幹訓練。

「……妳在幹嘛啊？」

「──什……！你回來的時機也太差……！」

話還說不到最後，彩華就失去平衡倒了下來。

從她大口喘氣的樣子看來，應該已經維持這個姿勢很長一段時間了。

我垂眼看著浴衣有點敞開的彩華，開口說：

「像這樣會做到流汗的訓練，妳怎麼不在泡溫泉之前做啊。難得都洗好澡了。」

彩華的脖子沁出了汗水，並流到敞開的胸口。

那看起來十分煽情，讓我不禁撇開了視線。

彩華撐著顫抖的手起身，「呼──……」地嘆了長長的一口氣。

「累死人了……是說你啊，也太早回來了吧……」

「為什麼要做訓練啊？是妳那個同好會要辦運動會嗎？」

如果是大規模的同好會，有時也會包下競技場舉辦運動會。

既然彩華所屬的是戶外活動同好會，要舉辦運動會也不意外。

但是，彩華搖了搖頭。

「不是啊，只是我每天都固定會做。」

這麼說著，彩華這才緩緩站起來。

她似乎終於發現敞開的浴衣，並羞紅著臉重整衣襟。

「你是不會先告訴我嗎，變態。」

「我、我才不是變態。妳看到人家鼻毛長出來，也很難當面講吧。」

「什麼爛比喻啊？是想被打嗎？」

彩華顫抖著拳頭，眉間也皺緊了起來。

臉上像是貼上去的笑容，反倒讓人不寒而慄。

「不是啦，那個……只是一種比喻嘛。畢竟是彩華。」（註：日文中「比喻」音近「彩華」）

聽了這個沒品味到連我自己都嚇一大跳的冷笑話，彩華只是挑了一下眉毛，沒有給我任何回應。

在所有反應中，沉默最令人心酸。

「……剛才雖然岔開話題了，但妳為什麼每天都要做體幹訓練啊？」

承受不住這番沉默，我改變了話題。

彩華停下將茶倒進茶杯的動作。

「幹嘛，你那麼感興趣嗎？」

關於彩華做體幹訓練的理由，真要說起是不是感興趣……

「倒也不是。」

「那我才不要回答你呢，笨蛋。」

「對不起，我超感興趣。」

「你要說對這個感興趣也很噁心就是了……」

彩華一邊傻眼地這麼說，先是喝了一口茶。

剛運動完喝的熱茶應該不怎麼好喝吧。我一邊看著她這麼想，果不其然彩華喝了一口就把茶杯放回桌上了。

「在你看來，我的身材如何？」

「前凸後翹。」

我開玩笑地這麼回應，彩華只是點了點頭。

雖然很想吐嘈她「自己承認喔」，但這樣可能又會轉移話題，我便強忍下來了。

而且實際上我也覺得她的身材很好。

「你要是以為這世上的女生都不需要任何努力就能維持這樣的身材可就大錯特錯。大家私底下都是這樣在鍛鍊的。」

「要是沒鍛鍊會怎樣？」

對於我這個純粹的疑問，彩華先是沉默下來，才接著回答：

「會垂。」

……這真是超乎我想像的回答。

「什麼會垂？」

我又追問了一次，彩華便陷入比剛才更久的沉默之後說：

「……你真要逼我說？」

「因為喝醉了嘛。」

「你根本沒喝吧，真的是個笨蛋耶……是沒差啦。」

我不知道她是經過什麼樣的思考才原諒我的，但總之撿回一命。

大概是一個人在無謂遼闊的露天溫泉泡完澡，心裡還留有那種開放感的關係，不禁就口無遮攔。

「只要好好鍛練胸大肌，胸部就不會垂。因為胸部越大，承受的重力也會越大喔。」

「……妳在說什麼啊？」

「是、是你要我說的吧！」

彩華紅著臉大聲喊道。

可能因為第一次跟她在同一個屋簷底下過夜，總覺得看見了彩華嶄新的一面。

明明從高中就相處到現在，還有著第一次見到的一面，不禁讓我莫名感到開心。

之所以會聊到平常都不太會講的沒營養的對話，肯定也是因為有著這種心情。

但當這種心情是我一廂情願的時候就會冷場。

講到這裡應該也差不多了，我瞄向時鐘。

「有在練的人跟沒在練的人真的差很多好嗎？」

「哦，是喔。」

現在是晚上七點。

時間剛好。

「晚餐差不多要端來了吧。」

我才這麼說的瞬間，隨著一聲「打擾了」，拉門便打了開來。

服務生很準時地將料理端來了。

「哎呀，已經是這個時間了。」

彩華將放在桌上的茶拿開，好讓服務生可以方便放置大盤的料理。

因為彩華說希望可以在只有兩個人的地方吃飯，所以事先選擇了希望能在房間內用餐。

我會毫不猶豫就贊同這點的原因並無他意，只是覺得四周如果沒有陌生人，就不用顧慮太多了。

桌上擺滿所有料理之後，看起來十分壯觀。

有肥美的大鮮蝦、生魚片以及火鍋。

一眼就能看出的高級感，讓我跟彩華都興奮了起來。服務生一走出房間，我們就在清酒杯當中注入日本酒。

雖然是清酒杯，但也不是古風的設計，而是年輕人也會喜歡的玻璃杯。

我將注入日本酒的酒杯遞給彩華，並輕輕舉起。

彩華揚起嘴角等著我開口。

「那麼，今天辛苦了。」

出來旅行感覺到的辛勞，跟平常抱持著辛勞相比，根本舒服多了。

即使如此還是會這樣講，單純就只是平常的習慣而已。

上大學之後，說出「辛苦了」這句話的機會多了很多。

這樣的招呼竟然會滲透到學生之間，日本人整體來說未免都太辛勞了。

彩華點了點頭，簡短回著「辛苦了」，就喝下日本酒。

和跟同好會的人一起喝酒時，彩華的乾杯招呼相比，這回應實在有點冷淡。

從旁看來，或許只會被人覺得我不被當一回事而已吧。

但是會這樣想的那些人……

「呵呵，好好喝。」

彩華露出了傻笑。

——肯定都沒有看過她這樣的表情。

有點冰涼的口感和芳醇的味道在嘴裡擴散開來。

「對啊。超棒的～～」

「耶～～」

又再乾杯一次之後，將酒杯送至嘴邊。

不過是這麼一個動作，不知為何，酒喝起來就比剛才還要更加美味。

◇

◆

「哎呀，我們也真的認識很久了呢。」

彩華一邊這麼說，就將最後一塊生魚片夾到我的小盤子裡。

我道了謝就送入口中，並咀嚼起鮭魚。

不管到了幾歲鮭魚都是這麼美味。要是以後也可以繼續吃到這麼美味的鮭魚就好了。

「你有在聽嗎？」

「有在聽啦。我正在算大概認識幾年了。」

我是在高一的時候認識彩華，並在高二跟她成為朋友。

現在是即將升上大三的春假，前前後後也有四五年了。

「妳是從什麼時候開始起算我們的關係啊？高一？還是高二？」

彩華用手指抵著有些泛紅的臉頰，看起來像在思考。

「嗯，高一吧。高一的時候確實沒跟你聊過什麼，但之所以會和你變成朋友，高一同班也是原因之一嘛。」

這讓我想起第一次向她搭話的那個春日的教室。

「也是。如果不是有同班過一年這個事實，當時我也不會向妳搭話吧。」

聽我這麼說，彩華苦笑道：

「為什麼啦，找我講話啊。」

「不不不，沒辦法啦。我又不是那麼愛冒險的個性。」

「啊哈哈，這倒是。現在回頭想想，我們在很多時機上來說都很巧合呢。」

帶著一點陰鬱的樣子，一個人望著窗外的身影。

要是她當時的表情感覺開開心心的，搞不好我就不會找她說話了。

這麼一想，我跟彩華現在會是這麼親密的關係，也是多虧了各種機運。

「不管怎麼說，都已經快要是一隻手數不完的年數了呢。」

好像過了很長一段時間，但這段關係似乎還是很短。

總覺得湧現了一股感慨良多的心情，我替彩華已經喝乾的酒杯注入日本酒。

彩華也發現我酒杯裡的日本酒已經剩下不到一半，就替我盛到八分滿。

「是啊，好快喔。」

「謝啦。」

「嗯。如果是高中的時候，我大概沒辦法為你這麼做吧。」

「是嗎？」

「是啊。你也知道我高中時是個怎樣的人吧。」

別說知道不知道了，直到剛才還鮮明地回想起而已。

像這樣顧慮他人的舉動根本擺在其次，將自己不妥協的事情擺在最優先的高中時代。

為此也成為大家的憧憬，並被背叛的感情擾亂心緒。

「我改變了嗎？」

彩華靜靜地低語。

——彩華真的是個很厲害的人。

對外具備更容易適應社會的個性，內在還是秉持著身為美濃彩華的本質。

一旦做出要改變的決心，就能在這麼短的時間內改變到這種地步的人，在這世上究竟能有幾個？

沒有任何改變的本質，以及嶄新的一面。

即使如此，也只會在真正親近的人面前展現出真正自我的態度，正是讓彩華作為彩華存在的魅力之一。

「雖然變了，但也沒變吧。」

「什麼嘛，到底是有沒有變？」

「意思就是兩者皆是啊。總覺得妳已經是個大人了呢。」

在這世上能適度切割也是很重要的事。

雖然要取捨到自己的本質是很悲傷的事，但人只要活著，就一定會在某個地方遇到不做切割就無法跨越的高牆。

為了跨越而做出符合世間體面的舉止，是非常有效率的方法，同時也是相當難以執行。

「有毅力堅持下去總是會有辦法的。」

「為什麼要在這個時候拿出運動社團般的精神論啊？」

「啊哈哈，這麼說也是呢。」

彩華滿不在乎地大笑，就將最後一杯日本酒喝乾了。

接著，她輕輕站起來。

「那麼，就來進行確認吧。」

「咦？」

我發出傻憨的聲音。

彩華靠了過來，屈膝坐在我身邊，還將手擺到我的大腿上。

「——我可以確認一下嗎？」

「確、確認什麼？」

她散發出跟平常不一樣的妖豔氛圍，讓我不禁退開身體。

才退開身體，她的雙手就環繞上我的脖子，把我抓個正著。

「欸。你有喜歡上我嗎？」

「——啊？」

儘管跟她拉到極近的距離，我還是不禁大喊出聲。

明明不是被問到什麼不方便回答的問題，心跳卻不知為何飛快地鼓動著。

換作是平常，這種問題隨便應答兩句就結束了。

明明只要像平常那樣隨口回應她就能帶過去，現在這個狀況卻否定了這個做法。

平常四周都會有其他人在。

平常不會陷入這樣兩人共處一室的狀況。

就算我想先想像一下接下來會發生的事，也都紛紛不成形就煙消雲散。

當我腦中被這種程度的混亂給控制的情況下，彩華繼續說了下去：
「我啊，沒有其他比你更要好的異性朋友。所以有時候會搞不懂跟你之間的距離感。」
彩華的胸口因為某種衝擊又再次露了出來。
現在要是看過去，就不行了。
無論我怎麼掙扎，距離靠得這麼近，視線一定會被發現。
我硬是將眼神抬高看向天花板，泯滅自己的慾望。
「要看也可以啊。」
「為、為什麼——」
「就是字面上的意思而已。我覺得就算被你看到也沒關係。」
彩華的甜言蜜語讓我不禁嚥下了口水。
這傢伙從剛才開始就在說些什麼啊？
我跟彩華之間拉起的那條界線，在不知不覺間看起來變得模糊。
我一直堅決不跨越那條界線。
不可以跨越。
要是跨越了，關係就會崩毀。
當我一直這麼想，不知不覺間將彩華視為一名女性的次數也減少了。

然而兩人一起來這趟溫泉旅行，僅靠自己的意志拉起的界線，很明顯就會產生變動。

穿著浴衣的美人就近在眼前，就算……就算是摯友……

——要人沒有任何感覺，才是不可能的事。

彩華什麼話也沒講。

她真的是在等我「看」嗎？

我的視線從天花板慢慢下移。

我沒有勇氣看向彩華的臉。

當彩華的臉就要進到我的視線當中的前一刻，我閉上眼睛，並在應該來到脖子的地方時睜開雙眼。

視線要是繼續往下，我跟彩華的關係恐怕會有所改變。

那究竟是吉還是凶？

我——

彩華純真的笑容在我腦海裡一閃而逝。

這時我才第一次對於自己方才臆測著是吉是凶的想法產生疑問。

曾幾何時，我竟然將自己跟彩華之間的關係……

託付在無聊的命運之上，如此輕視了呢？

我緊緊抿住嘴唇，硬是抬起視線之後，就在彩華的眼眸之中看見了自己。

「——你為什麼沒有看？」

「……因為我很重視妳。」

我這麼一說，彩華睜大了雙眼。

以前我只看過一次她這樣的表情。

「這樣啊……你真傻呢。以後再也不會有這種機會嘍。」

彩華這麼說著，就遮掩起敞開的胸口。

「……或許吧。」

但是，我覺得以後也不會再有機會將自己與彩華的關係放在天秤上衡量了。

要以現在這樣的關係為優先的話，打從一開始答案就只有一個。

彩華盯著我看了一陣子，這才勾起微笑。

「完成確認了。你做得很好。」

她溫柔地輕輕摸了我的頭。

感覺包容一切的母性，讓我動彈不得。

「你應該在想我為什麼要做這種事，而且還這麼突然對吧？」

彩華離開我身邊，回到對面的位子上。

方才些微傳來的體溫，現在還殘留著一些。

「……是有在想沒錯，但妳既然知道，為什麼還要像剛才那樣——」

「我一開始也說了吧。我想確認你是不是喜歡上我了。」

「所以說，為什麼事到如今才確認這種事啊？」

「你被劈腿了吧。」

我這麼一問，彩華一時之間語塞的樣子，最後才開口說：

「……嗯，是啊。那又怎樣了？」

聽她拋來我預料之外的話，讓我的臉皺了起來。

而且在她拋來這句話之後，接下來又是一句意料之外的話。

「我在想，那會不會是我害的。」

「啊？為什麼？」

「情人節派對那時候我就想了。禮奈幾乎沒有見過我，卻太過了解我的事情了。」

回頭想想，情人節派對那時的禮奈，的確有些不對勁的地方。

那根本不是會對只見過兩次面的人投以的視線。

「……不過，既然你沒有喜歡上我，那就沒事了。」

彩華自己這樣做出結論，接著就開始將桌面上四散的盤子收拾到一個地方。

應該是為了讓服務生可以更方便整理吧。

「要是因為我害得你被劈腿，可得不斷道歉就是了呢。」

「……妳就是為了這樣的罪惡感，今天才跟我來到這裡的嗎？」

我這麼一問，彩華抬起視線朝我這裡瞥了一眼。

「怎麼可能。我只是單純想跟你來玩而已。」

彩華將手抵在腰上，伸展了身體。

「你也知道，我就不是一個濫好人啊。至於周遭的其他人是怎麼想的就先不管了。」

「那是努力的成果嘛。」

我這麼捉弄地說，彩華也露出惡作劇般的笑容。

「是啊。而且像這樣的旅行，要不是跟自己想一起玩的人來，也不盡興嘛。換句話說，你對我來講就是這樣的存在。」

「等等，我現在是被倒追了嗎？」

「啊哈哈，這番話聽起來確實很像在倒追你耶！」

彩華揚聲大笑之後，拄著臉頰順道對我說：

「但是啊，剛才那樣確認的結果，不管你做出哪個決定，我都覺得沒關係喔。」

「……妳認真的？」

「呵呵呵，笨蛋。我只是講講而已啦〜〜」

當我正想吐嘈她一番時，服務生剛好一邊招呼就打開拉門。

這代表兩人今晚的宴席結束了。

看著盤子一個個被收走的時候，我跟彩華沒帶什麼意思地單純相視而笑。

服務生也像是被我們牽引了輕笑起來，留下一句「兩位感情真好呢」，就離開了房間。

「我們明明就不是情侶呢。」

「不過客觀看來確實是會這麼想啦。」

我們這樣的關係，在世人看來或許會覺得不太對。

但是，本來就沒有任何人際關係是不對的。

有多少人存在，人際關係就會有多少種道理。

根本沒有必要硬是配合某種形式。

只要當事人之間都喜歡這樣的關係就夠了。

只要沒有給其他人帶來麻煩就沒問題。

「那我再去泡一次澡好了。剛才也流了點汗呢。」

「誰教妳做什麼體幹訓練。不過，流了汗之後再泡溫泉感覺就很舒服呢。」

「對吧？我就是看準了這點呢，一石二鳥。」

彩華這麼說著，就下了樓梯朝溫泉走去。

喝了那麼多酒，她的腳步還能走得這麼穩，真了不起啊。

一直到看不見她的身影為止，我才傻愣地嘆了一大口氣。

「……啊啊～～」

自己採取的行動跟做出的發言，究竟是不是正確解答呢？

這也要直到未來才會知道就是了。

這些多想也沒有意義的事情在腦中盤旋，醉意也一起迴轉了起來。

「……那傢伙跑去泡澡沒問題嗎？」

這麼說來，我們都喝了不少。

坐著的時候還沒什麼感覺，但一躺下來醉意也跟著湧現了。

開始醉了之後還泡溫泉很危險。

正是彩華她自己說發生在浴室裡頭的意外變多了。

最近增加的浴室意外，就算發生在彩華身上也不奇怪。

還是先去給她一個忠告好了。於是我撐起沉重的身體。

踏著搖搖晃晃的腳步走下樓梯，便在換衣間前面喊道：

「喂，彩華。」

「啥？怎麼了？」

她馬上就回應我了。

隔著一扇門的聲音聽起來有些悶悶的，但語氣跟平常沒兩樣。

「……妳酒量還真強啊。」

「你是不是有點口齒不清了啊？醉了嗎？」

「……當然醉了啊，我們喝了不少耶。」

應該說腳步還走得很穩，人也還很有精神的彩華實在太強了。喝的量明明就跟我差不多。

「你為什麼跑來這裡啊？」

「不是啦，最近在浴室的意外變多了吧……？妳才剛喝了酒，我就想說姑且來提醒妳不要泡太久。」

泡澡太久會造成血壓下降，替身體帶來負擔。雖然年輕，還是輕忽不得。

「喔……這樣啊。你說得沒錯呢。我知道了，我不會泡太久。謝謝你。」

這時，傳來了啪沙一道某種東西掉下來的聲音。

我點點頭，轉身就打算上樓去。

然而醉到暈頭的身體，一個踉蹌就朝著後方靠去。

為了支撐住身體，我伸手就朝著門把抓去，結果便朝著打開門之後的那個方向倒去。

「等等，你沒事吧！」

當我朝著聲音傳來的方向看去——

「不要轉頭過來啊，你這個醉漢！」

在看到什麼之前，一條浴巾就正面擊中我的臉。

感覺漏看了什麼的遺憾，以及鬆了一口氣的心情交錯著，我從丹田的地方發出了被壓扁一般的聲音。

當我的腦袋一直催促我睡眠的時候，聽見了彩華傻眼的聲音。

「你的缺點就是不知道自己究竟能喝多少啦——」

當我喃喃著「從今以後就會習慣了」，就覺得臉頰的地方被拍打了兩下。

「我完全聽不懂你在說什麼！我穿個衣服，你就在這個狀態下待機！」

一邊感覺著彩華手忙腳亂的樣子，我一邊強忍著睡意。

終於穿好衣服的彩華將毛巾抽離我的臉上，一臉氣憤地對我說：

「好了，自己站起來！」

慢吞吞地站起來之後，彩華撐著我的肩膀。

現在是一整天來兩人貼得最近的時候，可惜的是對彼此來說，都沒有餘力再去感受些什麼。

對女生來說，要撐著一個人走上樓梯，想必是相當疲憊的行為。

為了避免跌落樓梯，我也抓著把手，一步一步走上去。

彩華在身旁憤憤地說：

「……呼……我再也……不要……跟你來玩了……！」

聽了隨著踩上一階又一階的樓梯一邊對我說的這句話，我帶著歉意做出回答：

「我覺得……今天一起來……真是太好了……」

「我也玩得……很開心啦……該死的笨蛋！」

她從背後推了一把，我便整個人從頭撲上了床。

在不斷翻騰的腦中，我下定了決心。

這段時間，酒還是少喝一點吧。

★第10話　旅行結束之後

「結果在那之後，我就沒有再遇到學長了！」

從溫泉旅行回來之後的隔天，志乃原在我家用盡全身表達內心的不滿。

沒想到會在旅行途中巧遇，但在那樣人來人往的地方，終究還是只碰上了那麼一次。

「在那樣的人潮中有遇上一次已經是很厲害的巧合了吧。還想再見一次面可是近乎奇蹟。」

我滑著智慧型手機這麼說，志乃原就盡全力鼓起臉頰。

用手指戳下去之後，就發出「噗咻」一聲漏風般的聲音。

「才不是什麼奇蹟呢！我有傳ＬＩＮＥ給你吧！」

「有嗎？」

「有啊……不過我也跟打工的前輩聊起沉迷的漫畫，所以抽不出時間打電話給你就是了。」

「這樣也好啊，旅行時還打電話給其他人總是不太好。」

旅行跟平常出去玩不一樣。

不但是一整天的時間，花費的費用也很多。

只會想跟真正要好的人一起去的就是旅行。

正因為如此，彩華約我去，真的讓我很開心。

感覺就像透過這種形式證明了我們不只是普通的朋友而已。

我將掛著雪豹鑰匙圈的鑰匙放在彩華送我的鑰匙包裡。

雪豹的表情看起來更加明亮，絕對是我的錯覺吧。

「但是但是，好歹也回一下我的訊息吧？」

「嗯，說得也是呢。」

「啊！你現在絕對在想別的事情吧！」

「才、才沒有，我現在正想確認妳傳了什麼訊息給我。」

這麼回應她之後，我再次看向ＬＩＮＥ的畫面。

聊天畫面中，顯示出「學長，晚上十點！晚上十點～～！」這樣一句話。

「這樣誰知道妳想說什麼啊。」

「少來。如果是學長，光是這樣應該也能明白吧！」

「妳講話真的都沒有主詞耶……」

而且，我也不是無視她的訊息。不管怎樣我都沒辦法出去找她。

醉成那樣，光是要外出就很危險了。

而且晚上十點的時候，我已經在呼呼大睡。

隔天早上還被彩華丟了枕頭痛罵「打呼聲吵死了！」，可見我睡得有多熟。

「哎呀，下次再說嘛。」

「學長的口袋才沒有深到馬上又可以去哪裡旅行吧。我幫你出感覺好像也不太對。」

被年紀比較小的人接連做出這番理當的發言，我便舉起雙手擺出投降的姿勢。

「我道歉就是了——」

「那、那是什麼沒出息的應對啊……學長，這兩天你是怎麼了……」

志乃原傻眼地看著我。

見她那樣誇張的反應，讓我不禁笑出聲來。

「唔，你笑什麼啦！」

「啊哈哈，不是啦。只是想說我們的關係在一般世人看來應該很不正常吧。」

沒有交往的男女，在一個屋簷下生活。

以一般常識來說，這不是什麼健全的關係吧。

但是身為當事人的志乃原，聽了我的話只是歪過了頭。

「這個嘛，或許是這樣沒錯啦。但不管別人怎麼想都沒關係吧？」

我不禁睜大雙眼。

志乃原沒有發現我這樣的反應，繼續說道：

「反正只要當事人覺得滿足就好啦。如果還要去在乎從觀眾席傳來的倒彩，也只會帶來更大的壓力，誰還撐得下去啊。」

看著咯咯笑著的志乃原，我在心中倍感震驚。

志乃原說的這番話，正是我透過溫泉旅行所得到的答案之一。也是花費了好一番工夫才得到的成果，學妹卻像這樣若無其事地對著我說。

不過是年紀比我小一歲，志乃原的想法或許比我還要豁達。

當我想著這種事情時，放在口袋裡的智慧型手機就傳來震動。

——是禮奈。

『下星期想跟你單獨見個面。』

……應該是想延續在情人節派對上說到一半的事情吧。

因為彩華的介入而受到阻礙的那段對話的後續。

想去跟她談完之後擺脫煩悶的心情，以及想逃離因為再次與她見面而想必會產生的精神上的負擔，交互混雜在一起。

我暫且先從手機上移開視線，抬起了臉。

而志乃原的臉就正在我的眼睛跟鼻子前方。

「——怎麼了嗎？怎麼突然沉默下來。」

志乃原露出有點得意洋洋的表情。

她應該覺得我會像之前一樣嚇到往後退去吧。

確實，換作是平常我或許真的會那樣反應。

但很可惜的是，現在禮奈傳來的訊息對我來說更加衝擊，也抵消了她帶給我的衝擊。

……話說回來，這個學妹的五官還真的很漂亮。

平常沒什麼機會可以像這樣在極近距離端詳女生的臉。

世上應該有很多女生想得到像她這樣透徹的肌膚吧。

而且，看著志乃原的臉，似乎有著療癒的效果。

原本盤踞在腦中的禮奈傳來的訊息，也一點點淡去。

動搖的心情漸漸平靜下來的感覺十分清楚。

「沒有啦，只是稍微療癒了一下。」

「呼咦？」

志乃原發出這樣的聲音，眨了眨雙眼，也紅了臉頰。

「學、學長為什麼可以這麼直接說出這種話啊？」

「……我怎麼知道。」

我可是跟美濃彩華保持了四年以上的朋友關係。

唯獨免疫力，可是比一般男生還更有自信。

但就算有著這樣的免疫力，我還是會感到心跳加速，可見這個學妹真的前途了得。

「我覺得很不滿，很不滿啦。面對我竟然完全無動於衷……但要是我比現在還要更積極的話，也很那個吧。感覺就算被嫌煩也不意外，讓我很擔心。」

這麼說著，志乃原垂下頭去。

——平常不太會表露出來的一面，就只在這種時候表現，真的很可怕。

我不禁覺得她在這個時機露出消沉的表情，只要是男人就絕對不會毫無作為。

但是，也很有可能是志乃原故意讓我產生這樣的想法。

於是我做出了「……妳都煮飯給我吃了，我才不會嫌妳煩」這樣不上不下的回答。

果不其然，抬起頭來的志乃原不滿地說「八十分」。

我要是說「八十分還覺得不滿喔」感覺就會讓她皺眉，於是很努力地忍下來了。

畢竟我是真的很感謝她，所以還是要減少會招來她誤會的發言比較好。

「如果是學長，應該可以做得更好吧。來，以更好的表現為目標，再試一次！」

志乃原鼻子噴著氣，組起雙手。

我一邊想著她到底要我怎樣，並稍微挺直背脊說道：

「妳就是我的歸宿。」

「……有夠老套！」

「少囉嗦啦！」

我一拿起枕頭，志乃原就猛地退開，拉開彼此之間的距離。

接著似乎是很喜歡我這樣的反應，便抖著肩膀笑了起來，並朝廚房走去。

她一旦走向廚房，不管又對我說了什麼，我都沒辦法再丟枕頭了。

就算妨礙她煮飯，害到的也是我自己。

我看向時鐘，現在是晚上七點。

差不多是晚餐時間了。

「時間也差不多了！我來煮飯嘍。」

「謝謝妳總是這麼照顧我……」

「啊哈哈，也太消沉了〜〜」

志乃原的嘴邊揚著笑，也洗了手。

這就代表她要開始做飯了。

我跟平常一樣將晚餐全盤交給她，便倒向床上。

不用多說什麼就有親手做的料理可以吃的環境，真的是相當奢侈。

「這麼說來，學長，你戒菸了嗎？」

「咦？」

志乃原突然問拋來的問題，讓我不禁發出驚呼。

因為我一次都沒有在這個學妹面前抽過菸。

想抽的時候至少也要問過她的意見，但覺得這樣很麻煩的我，甚至沒有跟她說過我會抽菸。

而且家裡的通風做得很徹底，衣服也是每天都有噴除臭劑才是。

「啊哈哈，我這樣照顧你的生活起居，當然會知道啊。都在幫你丟垃圾了呢。」

「啊，原來如此。垃圾桶是盲點啊……」

「我也想看看學長抽菸的樣子呢。」

志乃原學了一下抽菸的動作，用兩隻手指抵在嘴邊。

那個樣子一點也不適合她，害我不禁噴笑了出來。

志乃原則是不滿地嘟起了嘴。

「你這個學長真失禮耶！」

「啊哈哈，抱歉抱歉。」

我一道歉，志乃原也輕笑了起來。

「真不知道學長抽菸時感覺是怎麼樣呢？」

「根據朋友所說，好像一點也不適合我就是了。」

「那也有種裝大人的感覺，應該很可愛吧～～」

志乃原心情非常好地在腰間綁上圍裙。

用一連串流暢的動作綁上的圍裙，好像是志乃原很喜歡的一件。

她究竟是從什麼時候開始像這樣將私人物品帶來我家的呢？

自從志乃原會跑來之後，這個家也變了很多。

一個人的時候，晚餐時間總是沒有固定。

一個人的時候，家裡更是髒亂。

我環視了四周，果然跟幾個月前的家裡截然不同，已經變成志乃原經過一番整理的地方了。

何況放在廚房的料理用具，都重新配置在志乃原料理時方便拿取的地方。

我的家肯定在好的層面上產生了變化。

在這當中，我最近最喜歡的變化之一是……

「啊，學長。這麼說來……」

志乃原穿著圍裙，單手拿著勺子轉過頭來。

「──歡迎你回來！」

這麼說著，志乃原竊笑了起來。

我也跟著揚起了嘴角。

聽人對自己說出這樣的話，沒想到這麼令人感到開心。

我看著開始煮起晚餐的志乃原一邊想著，說不定──

家裡有志乃原在的光景變成理所當然的現在。

我說的那句老套台詞──說不定也是相去不遠。

終章

——無聊死了。

我在內心不禁嘆息。

向人告白是像這樣三個人同時做的事情嗎？

在絕對會拒絕兩個人的狀況下，就這麼相信自己會是留下來的那一個人嗎？

就算告白成功了，以後要怎麼跟另外兩人相處？

……想著這種事情的當下，我就已經聽不到他們三個人說的話了。

就算再怎麼表明自己的決心。

就算羅列再多漂亮的場面話。

「——對不起。三個人我都不能接受。」

因為答案已經很明顯了。

我不打算在高中跟某個男生交往。

升上大學之後才能自由自在地生活。

現在只是被關在充斥著沒憑沒據的謠傳的庭園裡。

這就是迎來高一第三學期終結的美濃彩華——我的現狀。

要是跟其他人交往了，我跟那個成為男朋友的人多少都會受到注目，而且還是無論好壞。

我可不想當自己和身為男朋友的人聊天的時候，都要被人關注偷聽。

就算以後會跟某個人交往，那也要等到可以容易營造出兩人獨處的環境之後再說。

我抱持這個想法，不斷拒絕別人的告白之後，結果變成奇怪的謠言纏身。

——說我性格有缺陷什麼的。

我確實不覺得自己個性有多好，但至少比放出這種謠傳的傢伙們好多了。

之所以一直裝作不知道有這樣的傳聞，大概算是一種賭氣吧。

要是可以貫徹自我直到這個謠言消散為止，就是我贏了。若是被謠言吞噬，就是敗北。

然而，當我看到因為我一口拒絕告白而抬起頭來的，眼前三人的表情時——

我第一次覺得自己或許處於劣勢。

至今就算拒絕別人的告白，對方也會說著「這樣給妳帶來麻煩了嗎」，或是「這樣啊，我這麼突然才該道歉」之類，至少會展現出對我的顧慮。

但這三個人雖然什麼都沒說，但光是看到他們的表情，就能傳達出「什麼嘛，虧我還跟妳這麼好」這樣的不滿。

明明就是用明顯別有他意的態度跟人當朋友，最後竟然還露出這樣的表情。

我看著離我而去的三人的背影，不禁思考。

——什麼是朋友？

這麼輕易就崩壞的關係，究竟可以稱作是朋友嗎？

那三個男生，是在這半年來一起共度下課時間的人。

即使如此，那些人之後應該不會再回到我身邊來。

「……為什麼？」

我有著一張漂亮的臉。

到現在為止的經歷過的事情，讓我對於這點抱持確信。

雖然不是挖苦，但也確實有過因為外表而便宜行事的經驗才會這麼想。

但我的個性跟這張臉似乎很合不來。

升上高中之後，這點變得格外明顯。

差點就要被無聊的謠言吞噬正是證據。

國中的時候——

差點就要回想起過去，但還是算了。
當我產生好想回去那段時間的當下，我就沒辦法繼續成長。
——然後——
拒絕那三個人的告白之後過了一個月。
這件事情果不其然已經傳遍了整個學年。
是我的朋友告訴我的。他的五官端正，也跟我一樣沒有參加社團，相處的時間最長的榊下說的。
升上高二的現在，連續兩年同班的一個男生。
一般來說，真的會告訴朋友「有出現這樣的謠言」嗎？
就算當事人知道有出現謠言的這個事實，想必也會覺得不高興吧。
至少以我的個性來說，絕對不會高興，而相處了快一年的他，卻不明白這一點。
我不會說希望別人可以理解我這種任性的話，至少也不要讓我感到不開心吧。
「但這也是一種傲慢吧。」
我從窗戶眺望著操場的風景，自言自語。
又不是小孩子了，還希望別人能夠理解。
像這樣眺望著操場時，似乎莫名地能讓上下起伏的心情平靜下來，我探出了身體。

我想眺望著這片景色，重整心情。

我的視線落在喊著「一、二——」並一邊跑步的一群人。

從他們的身材看來，馬上就能知道是男籃的社員。

「……一、二——」

跟著這樣喃喃了之後，我不禁苦笑。

到底是在做什麼啊？

——這麼說來，升上高二之後，連續同班的男生除了榊下之外，好像還有一個人。

我記得那個男生是籃球社的。雖然除此之外就沒什麼太深刻的印象，不過他比其他男生還要豁達一點的言行舉止，莫名停留在我的記憶當中。

——他是叫什麼來著？

我對於記住別人的名字很有自信。升上高中之後，也會特別注意這件事情。

即使如此還是想不起來，看來我還差得遠了。

「妳在看什麼？」

我不禁震了一下肩膀。

因為我從沒想過在放學後的教室裡，會有人過來搭話。

而且要是知道有人在，我也不會那樣自言自語了。

不知道有沒有被聽見，我不禁用銳利的眼神朝著聲音傳來的方向看去。

「幹嘛？」

結果發出了我自己也嚇一跳的冷淡聲音。

不過是被人搭話而已，就用這種語氣回應，性格還真的有缺陷呢。我不禁在內心苦笑了起來。

看起來有點熟悉的男學生聽到我冷淡的回應只是聳了聳肩，就坐在旁邊的桌子上。

「我們是高一就同班的夥伴吧。不要這麼無情啊。」

看見他的笑容，我終於想起來了。

羽瀨川悠太。

兩個連續兩年同班的男生當中的其中一人。

「……就算你在換班隔天說是夥伴，我也沒什麼感覺呢。而且高一的時候，我也不記得有跟你聊過什麼。」

我今天的個性還真的很差勁。

自己都沒辦法好好控制自己了。

我就正在一步步變成自己最討厭的那種人。

拜託，任誰都好，拜託快來阻止變得越來越醜陋的我——

「美濃同學，妳的個性很差勁嗎？」

聽他問出這樣太過直接的事情，我差點都要噴笑出來了。

哪有人會當面向謠傳遍布的當事人確認的啊？

這還真是第一次經歷的體驗。

我的心重回了平穩。

而且乾脆到令人心有不甘的程度。

「這點事情你自己決定好嗎？」

明明直到剛才還覺得很焦躁，要是被人看到突然笑出來的表情總覺得很丟臉，於是我頭也不回地這麼答道。

他稍微想了想之後說：

「……妳說的是。」

當我緩緩回過頭，只見他正直直地盯著我。

在他的眼神當中，只有對於我這個人的興趣，僅此而已。

最近有很多對我別有用心，或是讓我覺得別有意圖才靠近我的人，相較之下他的眼神讓人覺得格外純粹。

——羽瀨川……悠太同學啊。

真想跟這個人當朋友。

很難得地，我自己產生了這樣的想法。

後記

這次非常感謝各位購買本作。我是御宮ゆう。

還能跟各位讀者見面，讓我覺得非常開心。

儘管本作的書名上大大標著「小惡魔學妹」，第二集的內容卻滿滿是關於美濃彩華的故事。

我構思了志乃原真由、美濃彩華、相坂禮奈三位女主角各自的故事當中，首先就從彩華寫起了（雖然還不是全部）。

第一集的感想中，發現彩華的人氣跟小惡魔學妹，也就是志乃原不相上下。

這也是我在第二集可以深入她的過去到這個程度的主因。

非常感謝大家給我的感想。

雖然有很多想在實現出續集的時候一個個撰寫的故事，但要是可以出第三集，我想再更深入描寫前女友相坂禮奈的故事。而且志乃原也會比第二集還更加活躍！

希望能寫成一部不只是女主角們，就連主角跟女主角們之間的人際關係也能傳達出去的作品。

接下來是謝辭。

真的非常感謝K責編總是放手讓我盡情地寫。多虧有K大人，我才能像這樣開心寫作！

負責插畫的えーる老師。這次的插圖也超棒的。每當我看到插圖的時候，寫作的動力都會大暴增。每當我看到女主角的服裝時，都會覺得老師的服裝品味真的很棒。以這次的服裝來說，我喜歡禮奈那樣的打扮（笑）。

還有校閱的負責人。我會將您的指點銘記在心。第二集真的多受關照了。

最後是各位讀者。就像先前提及的，第一集的時候收到了許多感想。能夠出版第二集，全是多虧了各位讀者。

如果第二集也能推廣給更多人就好了！

這次有在特定店家準備了數量限定的特典，也請各位多多指教。

那麼，也差不多要道別了。

第二次的後記，應該算是寫得不錯了吧。

御宮ゆう

國家圖書館出版品預行編目資料

小惡魔學妹纏上了被女友劈腿的我/御宮ゆう作；
黛西譯. -- 初版. -- 臺北市：臺灣角川股份有限公司
, 2021.05-
冊； 公分. -- (Kadokawa fantastic novels)
譯自：カノジョに浮気されていた俺が、小悪魔な
後輩に懐かれています
ISBN 978-986-524-418-7(第2冊：平裝)

861.57 110003668

Kadokawa
Fantastic
Novels

小惡魔學妹纏上了被女友劈腿的我 2

（原著名：カノジョに浮気されていた俺が、小悪魔な後輩に懐かれています2）

2021年5月26日 初版第1刷發行
2023年6月30日 初版第3刷發行

作者：御宮ゆう
插畫：えーる
譯者：黛西

發行人：岩崎剛人
總編輯：蔡佩芬
副主編：楊鎮遠
美術設計：黃永漢
印務：李明修（主任）、張加恩（主任）、張凱棋

發行所：台灣角川股份有限公司
地址：104台北市中山區松江路223號3樓
電話：（02）2515-3000
傳真：（02）2515-0033
網址：www.kadokawa.com.tw
劃撥帳戶：台灣角川股份有限公司
劃撥帳號：19487412
法律顧問：有澤法律事務所
製版：巨茂科技印刷有限公司
ISBN：978-986-524-418-7
